Wilfrid Jaensch
Die Schule der Magie

WILFRID JAENSCH

# Die Schule der Magie

Herausgegeben von
Ateş Baydur

VERLAG AM GOETHEANUM

Der Verlag am Goetheanum im Internet: www.VamG.ch

Einbandgestaltung von Gabriela de Carvalho

© Copyright 2003 by Verlag am Goetheanum, CH-4143 Dornach
Alle Rechte vorbehalten

Satz: Heiko Hanekop
Druck und Bindung: Freiburger Graphische Betriebe

ISBN 3-7235-1198-8

# Inhalt

# Vorwort:
# Die Schule der Magie

Jeder Mensch ist eine Schule der Magie. Warum wissen wir das nicht? Weil die Schule der Magie sich von jeder anderen Schule unterscheidet. Schüler und Lehrer leben in ihrem Schulhaus zusammen, Tag und Nacht, ein ganzes Leben lang. Genauer gesagt: dein Leben lang. Denn das Schulhaus ist dein Leib. Deine Schule der Magie öffnet ihre Tore, sobald du bemerkst, dass es zwei Personen sind, die deinen Leib bewohnen. Beide sagen: «Ich», deshalb hast du geglaubt, sie seien dieselbe. Aber betrachte ihre Eigenschaften, die ihre Leidenschaften sind, und ihr Unterschied wird deutlich.

Die erste Person ist dein innerer Schüler. Er hört und blickt nach außen. Er sammelt und erinnert, was er dort draußen erfährt. Als du Kind warst, hast du vielleicht die deutschen Volksmärchen erzählt bekommen. Die Hexen und verzauberten Prinzen erinnerst du noch. Oder deine Eltern haben die Märchen als Aberglaube verworfen und die Bibel gelesen. Auch in diesem Fall hast du von «Magie» gehört, aber diesmal das Gegenteil: dass sie böse und verboten ist. Oder du wohntest in einer materialistischen Umgebung und Bibel und Märchen wurden als Unsinn betrachtet. Aber gerade dort kannst du aus Sachbüchern erfahren, dass die ganze Menschheit in grauer Vorzeit eine «magische» Epoche durchlaufen hat, die jedes Kind nochmals in verkürztem Zeitraum wiederholt. Auf jeden Fall kann ich mir nicht vorstellen, dass es irgendeinen Menschen in Europa gibt, der von Magie nichts gehört hätte. Von den außereuropäischen Kulturen gilt dasselbe in verstärktem Maß. Und alles, was wir auf diese Weise kennenlernen, ist unser innerer Schüler.

Aber während er hört und sieht und sammelt, regt sich ein innerer Widerspruch. Aus dem Hintergrund deines Leibes sagt eine Stimme entweder «ja» oder «nein». Diese Stimme ist der innere Lehrer. Und jetzt bemerkst du den Unterschied. Der Schüler glaubt nämlich alles, was er dort draußen erfährt. Er hat gar keine andere Wahl. Darin besteht seine Aufgabe. Der Lehrer hingegen verneint und bejaht. Er beurteilt und bewertet. Er sagt zum Schüler: «Diese Meinung ist richtig, jene Meinung ist falsch.» Oder: «Diese Geschichte gefällt mir, die andere ekelt mich an.» Oder: «Ich finde die Hexe gut und die Prinzessin nicht.» Erschreckend sind die Urteile des inneren Lehrers, und deswegen hast du seine Stimme verdrängt. Der Lehrer stellt vieles in Frage, was der Schüler gutgläubig von außen in die Schule trägt. Aber eben durch solche Fragen öffnet die Schule der Magie ihren inneren Raum. Jede Übereinstimmung wäre hier fehl am Platz. Schüler und Lehrer sollen sich widersprechen. Davor hattest du bisher vielleicht Angst. Man hat dir vielleicht eingeredet, die innere Stimme sei subjektiv, einseitig, emotional, fast eine Sünde. Und du hast es geglaubt. Aber damit hast du den inneren Lehrer verboten, und von Schule kann nicht mehr die Rede sein.

Selbstverständlich ist der Lehrer subjektiv. Eben darin besteht seine Aufgabe. Niemand hat behauptet, der Lehrer wäre die letzte Autorität. Das kann er gar nicht sein. Denn Menschen sind nun mal verschieden, und jeder innere Lehrer fällt seine einseitigen Urteile. Deshalb darf er gar nicht die letzte Autorität sein. Schließlich geht es um die Sache der Magie, und diese Sache ist bekanntlich ein und dieselbe für alle Menschen. Schüler und Lehrer sollen sich absichtlich widersprechen, solange sie miteinander über Magie sprechen. Der Widerspruch öffnet einen inneren Abgrund, eine Art von freiem Raum. Erst wenn dieser Raum geöffnet wird, kann die Sache, um die es geht, zur Sprache kommen. Sie kommt in die Sprache und spricht sich selber aus. Aber eine Sache, die sich selbst ausspricht, ist keine Sache mehr. Sondern ein Wesen. Das Wesen der Magie betritt die Schule. Jetzt beginnt die Arbeit. Lehrer und Schüler arbeiten mit der Magie zusammen. Und damit hat die erste Klasse begonnen. Alles übrige war Vorschule.

Siehst du jetzt, warum wir den inneren Lehrer brauchen, die eigene Bewertung, die Subjektivität? Wäre der Schüler alleine, er würde alles glauben, was er von außen hört. Aber wer sagt uns denn, dass die äußeren Nachrichten die richtigen sind? Was wäre, wenn unsere Außenwelt sich irrt? Oder gar lügt? Wo liegt der Maßstab für wahr und falsch? Deshalb muss der innere Lehrer vieles davon in Frage stellen, was der Schüler immer nur glaubt. Und du musst gar keine Angst davor haben, dass auch der Lehrer sich irren kann. Natürlich kann er. Er soll sogar. Seine Aufgabe ist nicht die Wahrheit. Die Wahrheit über Magie kennt nur die Magie. Aber damit sie den inneren Schulraum betreten kann, muss der Raum erst freigeschaufelt werden. Der Schüler hat ja alles vollgestopft! Der Lehrer wirft alles wieder raus. Beide haben die Wahrheit nicht. Sondern die Wahrheit wird sich selber aussprechen, wenn der Raum der Schule erst mal offen ist.

Übrigens kann die Schule der Magie, die du selber bist, zum Vorbild für die übrigen Schulen werden, von denen sie sich bisher unterscheidet. Dann würden alle Schulen zu Schulen der Magie. Nimm ein Beispiel aus der Volksschule, aus deiner eigenen etwa. Da habt ihr vielleicht mal Pflanzenkunde betrieben. Also Botanik. Euer Lehrer hat über die Pflanzen gesprochen. Ihr habt euer Wissen beigesteuert. Vielleicht habt ihr sogar einen Ausflug gemacht und Pflanzen gesammelt. Aber was kommt denn dabei heraus, wenn man immer nur über eine Sache redet? Stell dir vor, die Leute reden über dich, und du bist nicht dabei. Du kannst dich nicht verteidigen. Was sagst du dazu? Du sagst: «Das ist ungerecht.» Aber genauso geht es den Pflanzen. Wie wäre es, wenn sie dabei wären und über sich selber sprächen? Wenn sie sich selber aussprechen dürften?

Selbstverständlich sprechen sie nicht deutsch oder japanisch. Sie sprechen durch ihr Verhalten. Du musst ihnen nur den Raum öffnen, indem du die richtigen Fragen stellst. So könntest du zum Beispiel fragen: «Wie gehst du mit der Erde um?» Die Pflanze antwortet mit ihrer Wurzel. «Wie gehst du mit dem Wasser um?» Die Pflanze antwortet mit ihrem Laubblatt. «Wie gehst du mit Luft und Licht um?» Die Pflanze antwortet mit ihrer Blüte. «Wie gehst du mit der Wärme um?» Die Pflanze antwortet mit ihrer Frucht. Jetzt hat die Pflanze sich selber ausgesagt. Lehrer und Schüler haben sie nur befragt. Wie? Indem sie ein ganzes Jahr hindurch zur Pflanze gegangen sind. Denn die Antwort der Pflanze dauert von Frühling bis Herbst. Und wenn es solche Schulen gäbe, dann wären es Vorschulen der Magie. Denn ein Thema, ein Schulfach ist kein Schulfach und kein Thema mehr, sobald es sich selber aussprechen darf. Jetzt ist es ein Wesen geworden. Ein Wesen eigenen Rechts, das seine eigene Wahrheit enthüllt. Ebenso kann sich die Magie enthüllen. Aber damit die Magie sich selbst enthüllen kann, müssen Lehrer und Schüler in demselben Schulhaus leben, Tag und Nacht, und nicht nur ein Jahr lang, wie bei der Pflanze. Ein ganzes Leben lang. Dieses Schulhaus ist dein Leib. Denn jeder Mensch ist eine Schule der Magie.

*Der Tag der offenen Tür*

Die folgenden Texte beschreiben meine eigene Schule der Magie. Einige sind Nachschriften von Ansprachen oder Aktionen. Mein Tag der offenen Tür hat eine Absicht. Er soll dich ermutigen. Nicht zur Nachahmung. Sondern zum Widerspruch. Nachahmung ist die Arbeit des inneren Schülers. Er sammelt alle Nachrichten und verleibt sie dem Gedächtnis ein. Der Widerspruch dagegen weckt den inneren Lehrer, spätestens dann, wenn mein eigener Lehrer seine Stimme erhebt. Wie der Schüler sich vom Lehrer unterscheidet, wird vielleicht deutlicher, wenn ich meine eigene Erfahrung beschreibe. Dann zeigt es sich auch, was beiden gemeinsam widerfährt, wenn sie endlich zur Sache kommen, um die es ihnen geht, zur Magie selbst.

Mein innerer Schüler erwachte seltsamerweise erst in der Universität. Mein Professor Walter Muschg sprach in seiner allerletzten Vorlesung über Poetik und konstruierte einen «magischen Typus», den er durch die Jahrtausende der Literaturgeschichte hindurch nachwies. Als Beispiel für die Neuzeit blieb mir Friedrich von Hardenberg in Erinnerung, der sich Novalis nannte und einen «magischen Idealismus» begründete. In der grauen Vergangenheit stand der Zauberer Merlin und sein Schüler Columban. Von Columban hatte ich vorher nur erfahren, er sei irischer Mönch gewesen. Dass er Zauberer war, hat mich überrascht. Mein innerer Schüler war geweckt. Was ich damals hörte und sah, habe ich in den «Begegnungen mit Walter Muschg» getreulich erzählt und später auch aufgeschrieben.

Schon damals regte sich mein innerer Lehrer, und zwar gegen die heute noch übliche Bewertung von Goethes «Faust». Aber meinen Widerspruch habe ich während langer Jahre verdrängt. Dafür gab es zwei Gründe. Erstens schätze ich Goethes Arbeiten über Physik und Botanik.

Meine Kritik richtete sich lediglich gegen die Heulsuse, die er aus dem Magier Faustus gemacht hat. Und gegen die bösartige Behauptung vom Teufelspakt, bösartig allein schon deshalb, weil jedes Schulkind weiß, dass der Teufel eine Figur der monotheistischen Religionen ist, die mit Magie nichts zu tun haben wollen. Gerade durch die Theorie vom Teufelspakt soll Faust den Religionen wieder einverleibt werden. Dagegen habe ich mich empört. Ich? Mein innerer Lehrer. Und jetzt stelle man sich vor, in welcher Lage ich mich befand. Mein innerer Schüler hört aus allen Richtungen seiner Umwelt, Goethes «Faust» sei ein Höhepunkt der Weltliteratur. Der innere Lehrer dagegen sagte, dieser Text sei ein Verbrechen am Wesen der Magie. Sollte ich diese innere Stimme laut werden lassen? Sie würde sich gegen das Vorurteil von Jahrhunderten richten. Und wozu denn? Keiner würde zuhören. Dies war der zweite Grund dafür, dass ich den inneren Lehrer jahrelang verdrängt habe.

Bis ich entdeckte, welche einmalige Möglichkeit sich hier öffnete. Denn wenn dir keiner zuhört, kannst du alles sagen, ohne dass deine Rede jemals störend unterbrochen wird. Und so öffnete ich die Schleuse und brachte die Sätze des inneren Lehrers in einem Zug zu Papier: «Die Zerstörung der deutschen Kultur durch Goethes Faust.» Selbstverständlich spricht der Lehrer in einem Tonfall, als wäre er der erste und einzige, der etwas von Magie versteht, mehr noch: als müsse er die Magie beschützen und vor ihren Gegnern retten wie der Ritter Georg die Jungfrau vor dem Drachen. Welche Anmaßung! Sie ist die Mistgabel, mit welcher der innere Lehrer alle öffentlichen Vorurteile aus der Schule wirft, die der innere Schüler getreulich angesammelt hat. Erst durch diese Reinigung wird der Raum geöffnet, der freie, den die Magie betreten kann.

*Was die Magie uns sagt*

Und schon klopft sie an. Schüler und Lehrer reißen die Türe auf. Aber die Magie tritt noch nicht ein. Durch die offene Tür spricht sie folgende Worte:

«Ich danke dem Schüler dafür, dass er getreulich gesammelt hat, was über mich dort draußen erzählt wird. Ein guter Junge! Aber gut ist nicht unbedingt klug. Wieviel Irrtümer und Lügen hast du ebenso getreulich aufgehäuft! Deshalb danke ich dem Lehrer dafür, dass er mich gegen alle Vorurteile verteidigt. Welch guten Lehrer du hast, mein Junge! Aber seine Güte ist ebensowenig mit Klugheit gepaart wie bei dir. Glaubt er doch wirklich, er sei der erste und einzige, der weiß, wer ich bin! Und in der Tat, du guter Lehrer, in dem einen Punkt hast du Recht. Es gibt die eine und einzige Person, die weiß, wer ich bin. Aber du täuschst dich gewaltig, wenn du glaubst, du wärest diese Person. Ich selber bin die Person, die weiß, wer sie ist. Und dieses Wissen will ich euch beiden gerne mitteilen. Damit ihr bescheiden werdet, indem ihr Bescheid wisst. Und weil ich eure bisherige Arbeit achte, dürft ihr eure künftige Bescheidenheit selber erarbeiten. Ich bin nämlich ein und dieselbe für alle Menschen. Die Menschen dagegen sind verschieden. Deshalb gibt es so viel verschiedene Schulen, wie es Menschen gibt. Jeder Einzelne ist meine Schule, nicht nur ihr beiden. Und weil die Menschen so verschieden sind, gibt es Schulen, die euch beiden bisher fremd geblieben sind. Einige davon betrachtet ihr vielleicht sogar als eure Gegner. Aber eure Gegner sind nicht meine Gegner. Ich selber bin in allen Schulen dieselbe. Und darin besteht eure Prüfung. Sucht euch einen Menschen, der euch restlos befremdet, und geht in dessen Schule, bis ihr meine Anwesenheit auch dort entdeckt und anerkennt, wo ihr sie bisher nie vermutet hättet. Erst dann werde ich euren eigenen Raum betreten. Und jetzt an die Arbeit!», sagte die Magie und verschwand in dem, was wir «die Nacht» nennen.

### Die fremde Schule

Und mein innerer Schüler machte sich auf den Weg. Was ihm dabei zufiel, nennt man Zufall. Kaum hatte ich die «Zerstörung der deutschen Kultur» geschrieben, fand ich englische Manuskripte des amerikanischen Zauberers Stephen Mace, die der Johanna Bohmeier Verlag gerade damals ins Deutsche übertrug. Mein innerer Schüler las die Texte und war empört. Denn weil er auf dem europäischen Kontinent aufgewachsen war, teilte er das hier übliche Vorurteil gegen den anglo-amerikanischen Empirismus, der keinen Gedanken zulässt, es sei denn, der Gedanke stütze sich auf die Tatsachen der körperlichen Wahrnehmung. An die Stelle des reinen Denkens tritt das ruchlose Streben nach Nützlichkeit. Eben diese Eigenschaften entdeckte mein innerer Schüler bei Stephen Mace und war nicht nur befremdet, sondern entsetzt. Aber nicht etwa schweigend. Er schrieb dem amerikanischen Zauberer, wobei mein innerer Lehrer ihm über die Schulter blickte und neugierig die Antworten las.

Hast du bemerkt, wie Lehrer und Schüler ihre Rollen wechseln, sobald sie in die fremde Schule gehen?

Im Gegensatz zum Schüler war der Lehrer beeindruckt. Was seine Achtung weckte, war die innere Folgerichtigkeit, mit welcher Stephen Mace seine eigene Schule der Magie in Handlungen umsetzte. Darin erkannte mein innerer Lehrer eine leise Verwandtschaft, denn seine «Zerstörung» war ebenso folgerichtig. Der Briefwechsel führte zur Freundschaft, und als Stephen Mace nach Berlin kam, verstanden wir uns auf der Stelle. Der anerkennende Blick in die fremde Schule, die auf den ersten Blick nur befremdlich schien – dies also war die Bescheidenheit, von welcher die Magie zu uns gesprochen hatte.

Die Bescheidenheit richtet sich nicht etwa auf den anderen Menschen. Sondern auf die Anwesenheit der Magie im anderen Menschen. Denn in allen Menschen, und seien sie sich noch so fremd, ist die Magie ein und dieselbe. Unsere Prüfung hatten wir bestanden, als wir, Lehrer und Schüler, den Satz niederschrieben, mit dem mein «Wort zu Stephen Mace» sowohl endet wie beginnt: «Wenn es Stephen Mace nicht gäbe – ich müsste ihn erfinden.»

### Wohin die Magie uns begleitet

Bescheidenheit bedeutet: Bescheid wissen. Nicht wir sind es, die Magie machen. Die Magie macht sich selbst. Wir aber dürfen uns an ihrer Arbeit beteiligen. Ein Beispiel dafür ist die «Hymne an die Anacht». Gemeinsam mit Ana Stamm vollzog ich den Liebesdienst an den beiden Verstorbenen, die sich zu Lebzeiten nicht hatten vereinigen können.

Eine uralte Bezeichnung für solche Liebesdienste an Verstorbenen lautet: Nekromantie, abgekürzt: Romantik. Diesen sprachlichen Zusammenhang erfuhren wir erst während der Aktion. Mein innerer Schüler hatte nie etwas davon gehört. Auch mein innerer Lehrer hatte es nicht gewusst. Sondern gemeinsam mit Ana Stamm hatte die Magie den freien Raum betreten, der zwischen Lehrer und Schüler geöffnet war. Die Magie vollzog den Liebesdienst in unserer Gegenwart, und wir alle wussten Bescheid. Das bedeutet: Bescheidenheit.

Mit derselben Bescheidenheit habe ich übrigens zur Kenntnis genommen, dass es Menschen gibt, die über die «Hymne» entsetzt sind. Hier geht es nicht mehr nur um Widerspruch gegen meine Texte. Der Widerspruch weckt nur deinen inneren Lehrer. Hier geht es um Widerwillen und Abscheu. Aber inzwischen hast du an meinem Tag der offenen Tür teilgenommen und dabei erfahren, vor welche Prüfung die Magie dich stellt, sobald der Widerwille dich ergreift. Mir geschah dasselbe beim ersten Lesen der Manuskripte von Stephen Mace. Gefordert ist der anerkennende Blick in die fremde Schule der Magie.

Diese Anerkennung bezieht sich beileibe nicht auf den anderen Menschen. Ihn magst du beurteilen, wie es dir gefällt. Sondern die Anerkennung bezieht sich auf die Magie im anderen Menschen. Sie selbst will anerkannt sein, denn sie ist in allen Menschen dieselbe. Falls die «Hymne» dich also empört, hast du die Prüfung bestanden, sobald du den Satz aussprichst, den ich für Stephen Mace gesprochen habe, etwa so: «Wenn es die ‹Hymne an die Anacht› nicht gäbe – ich müsste sie erfinden.»

Hier könnte ich den Tag der offenen Tür beenden. Aber etwas Seltsames muss ich noch hinzufügen. Der anerkennende Blick in die fremde Schule der Magie hat einen Nutzen auch für dich persönlich. Warum spreche ich plötzlich von Nützlichkeit? Bin ich denn ein amerikanischer Zauberer geworden? Es kommt nämlich der Tag, an welchem du dir selber fremd wirst.

So ging es mir, als ich meine letzte Geschichte las: «Unterwegs mit Raphael». Raphael ist das Urbild des Schutzengels. Du findest ihn schon in der Bibel. Und zwar im «Buch Tobias». (Meine Geschichte spielt am selben Ort, aber in der Nacht davor.) Du findest ihn auch bei den nicht-biblischen Magiern der Gegenwart, auch in England und Amerika. Dort heißt er: HGA (the Holy Guardian Angel). Von ihm wird überall mit tiefer Ehrfurcht gesprochen. Aber was lese ich in meinem eigenen Text? Der Heilige Schutzengel ist behindert. Er kann zwar fliegen. Aber er kann nicht gehen. Er hat keine Füße. Er will von dem Knaben Tobias lernen, wie man auf Füßen geht.

An dieser Stelle sprang mein innerer Schüler vor lauter Freude in die Luft: «Ich kann gehen!» rief er und rannte durch die offene Tür ins Freie. Seither habe ich ihn nicht wiedergesehen. Wie befremdlich!

Aber weil ich den anerkennenden Blick für die fremde Schule eingeübt habe, kann ich ihn auch auf meine eigene Befremdlichkeit richten. Und zur Bescheidenheit gesellt sich die Heiterkeit, mit der ich meinen Tag der offenen Tür beschließe.

*Wilfrid Jaensch*                              Berlin, den 6. März 2003

## Die Schwarze Sonne.
## Begegnungen mit Walter Muschg

*Für Adolf Muschg*

Walter Muschg wäre dieses Jahr hundert. Dieses Jahrhundert? Dieses Jahrhundert habe ich mit wachem Bewusstsein erst betreten, als die globale Kulturrevolution 1968 mich aus meiner Vereinzelung befreite. Wie alt war ich? Noch nicht 27. Drei Jahre zuvor war Walter Muschg gestorben. Das Rätsel seiner Person hatte mich – und viele andere unter seinen Studenten und Zeitgenossen – in die Vereinzelung getrieben. Erst 1968, erst in der «Kritischen Untergrund-Schule Schweiz» (K. U. S. S.) begriff ich die Botschaft dieses Menschen, und was ich hier niederschreibe, ist das Ergebnis der 33 Jahre, die ich mit dem Verstorbenen durchlebt habe. Die Niederschrift widme ich seiner Frau Elli Muschg-Zollikofer. Sie ist letztes Jahr gestorben. Ich sehe, wie sie auf meine Schrift blickt – nicht ohne ihr strahlendes Lachen.

### Das Rätsel Merlin

Wie hätte Walter Muschg sich 1968 verhalten? Die Frage habe ich mir oft und oft gestellt. Jedesmal fand ich zwei Antworten, die sich gegenseitig ausschließen. Die erste Antwort ist positiv. Kein Student hätte es gewagt, diesen Lehrstuhl zu stürmen, denn Walter Muschg war progressiver, als sämtliche Studenten es je sein können. Bei unserem ersten Gespräch 1962 sagte er mir ins Gesicht: «Sie können in Deutschland nicht Philosophie studieren. Die Lehrstühle sind von Nationalsozialisten besetzt. Bleiben Sie hier bei mir.» Diese Tatsache wurde erst 1965 vom Deutschen Germanistentag formuliert, vorher war sie tabu. Ich blieb. Warum hatte ich ihn besucht? Ich war 1961 in München und bereitete mich auf den Prozess vor, den ich wegen «Kriegsdienstverweigerung aus Vernunftgründen» plante. Aufmerksam verfolgte ich die Anti-Atom-Bewegung. Einen ihrer Sprecher hatte ich schon während meiner Schulzeit gelesen: Hanns Henny Jahnn. Er war inzwischen tot, aber in München fand ich eine Ausgabe seiner dichterischen Texte, deren Einleitung Walter Muschg geschrieben hat. Ich erfuhr, dass Muschg die ehemaligen Expressionisten herausgab und den Nachlass von Jahnn betreute. Das war der Anlass für meinen Besuch. Unser erstes Gespräch ist in meinem langen Brief von 1965 zitiert, betreffend die Neubearbeitung der «Poetik». Ich wurde Student in Basel, später Hilfsassistent und Hüter des Hauses, wenn Muschg in den Ferien war. Ich erfuhr aus nächster Nähe, dass er die Bildung einer neuen Gruppe plante, die eine Alternative zur «Gruppe 47» werden sollte. Zusammen mit Wilhelm Emrich in Berlin wollte er das politische Theater zu einer öffentlichen Macht erheben. Zu dieser Gruppe gehörten: Peter Weiss, Rolf Hochhuth (dessen «Stellvertreter» wurde in Frankfurt uraufgeführt, und Muschg hatte ihn, im Vorwort des Bühnenheftes, mit Lessing verglichen; die zweite Aufführung in Basel erzeugte einen öffentlichen Skandal mit Demonstration der Katholiken, und ich gab ein Sonderheft «Polemos» heraus, welche Zeitschrift übrigens den Untertitel hatte: «Blätter für die Nach-Moderne», ein Ausdruck, den Hanns Henny Jahnn benützt hatte, wenn er die Katastrophe des atomaren Unterganges beschwor). Peter Weiss also, Hochhuth, Heiner Kipphart und Martin Walser, der damals Dokumentar-Texte schrieb. Diese Gruppe kam nicht zustande, weil Muschg 1965 überraschend starb. Drei Jahre später kam die internationale Kulturrevolution. Sie hätte Muschg als Mitarbeiter, nein, als Mitbegründer umjubelt.

Was hätte Muschg 1968 getan? Die erste Antwort habe ich gegeben. Die zweite ist das genaue Gegenteil. Muschg wäre gescheitert. Sein Umgang mit Studenten war eine pädagogische Katastrophe. Und hier lag das Rätselhafte seiner Person. Logisch gesagt: sein Widerspruch. In meinem Brief von 1965 habe ich ihm den Sachverhalt geschildert. Unsere Beziehung war offen für gegenseitige Kritik. Als ich ihn kennenlernte, suchte ich den Politiker der Literatur, und da er mir gefiel, wollte ich wissen, wie er mit Studenten umgeht. Also ging ich in seine Vorlesungen und in das Hauptseminar. Die Bedingung war: Man musste ein Referat übernehmen. Notgedrungen nahm ich das letzte, das auf der Liste war, in der Hoffnung, es komme nicht mehr dran. Leider kam es, und ich las es vor, wie üblich, und Muschg sagte: «Das ist die Keimzelle einer Dissertation. Machen Sie mir eine Disposition!» Dann lud er mich zu sich nach Hause ein und sprach fünf Sätze: «Sie haben eine Disposition geschrieben. Ich habe die beiden Blätter gelesen. Ich habe kein Wort verstanden. Aber ich weiß, Sie können das. Machen Sie es allein und geben Sie es mir, wenn Sie fertig sind.»

Auf diese Sätze komme ich noch zurück. Die Folge war, dass ich ins Oberseminar kam, wo die Doktoranden saßen. Dort erlebte ich die Katastrophe.

Zwanzig Erwachsene sitzen um einen langen Holztisch. Oben sitzt der Professor. Das Thema ist «Lyrik». Ein Text wird ausgeteilt. (Wie sehe ich diesen Text vor mir, wie rieche ich ihn! Denn ich war es, der ihn auf Matrize geschrieben und in blauer Farbe auf einer Walze vervielfältigt hatte, ich, der Hilfsassistent. Kopierer gab es damals nicht, auch meine Zeitschrift «Polemos» wurde derart vervielfältigt, bis

Claire Niggli eine Spende schenkte, die es möglich machte, auf Offsetdruck umzusteigen.) Und alle lesen stumm:

«*An den Mond*

*Füllest wieder Busch und Tal*
*Still mit Nebelglanz*
*Lösest endlich auch einmal*
*Meine Seele ganz.*»

Schweigen. Die Köpfe sind über das Papier gebeugt. Nur der Kopf des Vorsitzenden ragt in die Höhe, über dem Oberkörper, der aufrecht sitzt wie ein Block aus Granit. Peinliches Schweigen. Dann fragt er, aber die Frage ist eine Drohung: «Wo ist das entscheidende Wort?» Niemand weiß, was der Professor hören will, aber alle wissen, dass es einen Studenten gibt, der jetzt vernichtet wird. Vor der Sitzung haben einige die Tabletten geschluckt, welche die Basler Chemie herstellt und die den Esser dazu vermögen: vor Angst nicht zu zittern. Nicht sichtbar, nicht mit den Händen. Alles schweigt. Muschg legt seine beiden Hände auf die Tischkante. Die Gewitterwolke steht über uns. Muschg fragt, ich höre noch den gedehnten Zürcher Akzent: «Häärr X, was sagen Sie?» Herr X, der heute Professor ist, wird weiß wie der Vollmond über Sydney. Die übrigen Schädel ruhen über den Papieren. Der Schädel von X wird rot wie die Sonne, wenn sie in den Atlantik sinkt, abends. X sagt: «Seele.» Muschg stemmt seinen Oberkörper nach hinten, die Hände sind jetzt Fäuste geworden, immer noch an der Tischkante. Daran erkennen wir (unsere Blicke huschen aus den gesenkten Augen nur noch über die Horizontale der Tischplatte): die Antwort war falsch. Herr X aber, den Kopf erhoben, denn er muss sprechen, sieht, wie die Augen des Vorsitzenden auf ihn zukommen, heraus aus dem nach hinten geschleuderten Kopf, nicht von Brillengläsern gedämpft, nackt unter den Büschen der Augenbrauen, nein, nicht die Augen, aber der Blick, der ein Feuer ist, in welchem der Student zur Asche wird. Aber er will sich retten. Er sagt – aber es ist fast schon ein Schrei: «Seele, das kommt noch einmal vor, in einem anderen Gedicht von Goethe: Seele des Menschen, wie gleichst du dem …» – «Härr X, Sie haben *nichts* verstanden!» Alle Köpfe erheben sich, blinzelnd. Der Blitzschlag ist vorbei. Das Opfer ist gefallen. Jetzt ist die Spannung gelöst, und Muschg sagt: «Busch!» Wer in aller Welt wäre ausgerechnet auf «Busch» gekommen! Und plötzlich schwärmte Muschg von Merlin, dem Magier, und von Columban, dem Schüler des Merlin, der die Germanen überzeugte, weil er besser zaubern könnte, und dessen Denkmal heute noch in Luxeuil steht, das wir mit dem ganzen Seminar besuchen mussten, und Sanct Gallus, der Hahn, war sein Schüler und kam bis nach St. Gallen in der Schweiz. Ich frage die Leser: Kennen Sie eine Demütigung, die verletzender ist als diese? Zwanzig Erwachsene bekommen eine Frage, und niemand weiß, wonach er suchen soll. Von Methode, von Klarheit des Verstandes – keine Rede. Wie nennt man dieses Vorgehen? Irrational und autoritär. Damit wäre Muschg gescheitert, hätte er 1968 noch erlebt, und manchmal war ich – heimlich – dankbar dafür, dass er vorher sterben durfte. Aber das ist nur die zweite Antwort. Die erste gab ich weiter oben. Sie ist das exakte Gegenteil: Man hätte ihn umjubelt.

Walter Muschg war das Gegenteil seiner selbst. Das war das Rätsel. Die Lösung des Rätsels fand ich in der Typologie seiner Poetik. Die Poetik von Walter Muschg ist das Ungeheuerlichste, was jemals – nicht gedacht, sondern gewollt wurde. Das Denken hat er mir überlassen. Diese Arbeit hat mich 35 Jahre lang beschäftigt. Das Ergebnis sind die «Ordensregeln der Neuzeit». Muschg hat nicht gedacht. Er hat gewollt. Aber seit Kant, seit Schelling, seit Schopenhauer und Nietzsche ist der «Wille» das Thema der Philosophie, und ich sehe Walter Muschg als magischen Philosophen.

Bevor ich sein System entwerfe, muss ich noch erzählen, was Elli Muschg mir beschrieb, als sie mich, bald nach seinem Tod, um ein Gespräch bat. Sie habe – so sagte sie mir – etwas Verbotenes getan, sie habe nämlich die Korrespondenz ihres verstorbenen Mannes durchgelesen, aber sie sei froh für diesen unerlaubten Eingriff, denn sie habe meinen Brief entdeckt, den ich 1965 schrieb und der die Lösung des Rätsels andeutet. Dieser mein Brief habe sie nachträglich mit ihrer Ehe versöhnt. Sie sei nämlich oft und oft verletzt worden, und sie hätte nie verstanden, wo die Ursache liegt, und was sie denn nun falsch gemacht habe. Zum Beispiel seien sie durch Frankreich gefahren, auf den Spuren der Druiden, und Walter Muschg, der am Steuer saß, habe nach rechts gezeigt, wo die Sonne unterging, und sie, Elli Muschg, habe begeistert ausgerufen, wie schön die Farben seien, wie bezaubernd der Himmel sei, und er habe seine Fäuste gegen das Steuerrad gepresst und gesagt: «Du hast *nichts* verstanden!», und es hätte ihr einen Stich gegeben, und er hätte sie den ganzen Abend totgeschwiegen, und sie hätte nie begriffen, was sie falsch gemacht habe, erst jetzt, durch meinen Brief, wisse sie, wenn auch im nachhinein, dass er nicht anders konnte, dass er gar nicht sie persönlich meinte, dass er, ganz im Gegenteil, jemanden gebraucht habe, der ihm die Formel «nicht verstanden» entlockt, der also die Spannung erzeugt, von der ich in meinem Brief geschrieben hätte, dass sie nötig sei für die – Magie. Und jetzt, so sagte sie strahlend, habe sie sich versöhnt mit ihm, und wäre glücklich, und wolle sich dafür entschuldigen, dass sie meinen Brief gelesen hat, und da wären 1000 Mark, das erste Honorar, das ihr Mann nach seinem Tod erhalten habe, und das gehöre mir.

### *Die Typologie von Walter Muschg und die Kritische Untergrund-Schule Schweiz*

Muschg hat drei Typen gesehen, die durch den absoluten Gegensatz getrennt sind. Nicht zwei. Sondern drei. Die formale Logik lehnt dieses Vorgehen ab. Deshalb hielt Muschg nichts von Logik. Die Logik sagt nämlich, frei nach Aristoteles: Wenn zwei Begriffe im absoluten Gegensatz stehen, also in Kontradiktion, dann sei der eine richtig, der andere notwendig falsch, und ein Drittes sei nicht möglich. Man nennt es auch den Satz vom verbotenen Widerspruch. Diesen Grundsatz des abendländischen Denkens hat Muschg systematisch verletzt. Er konstruierte nämlich zwei Typen, die sich gegenseitig ausschließen. Dann konstruierte er den dritten Typ, der die beiden anderen ausschließt. Es gibt also nicht zwei, sondern drei Gegensätze – und alle sind wahr. Es gibt also drei Welten, die nichts gemeinsam haben, die nichts voneinander wissen, und die sich nirgends begegnen, außer in der Poetik von Walter Muschg. Poetik? Das Wort kommt von «poiein» und heißt: machen. Man stelle sich vor, was diese Vorlesung uns zugemutet hat! Der große Gegensatz besteht darin, dass es Menschen gibt, welche die vorhandene Welt verklären und bejubeln. Muschg nennt sie «die Sänger». Der absolute Gegensatz sind jene Menschen, welche die Welt verfluchen, indem sie einen Wert nehmen, der außerhalb der Welt ist, und der die Welt verurteilt. Verklären und verfluchen – lässt sich ein Gegensatz denken, der extremer wäre? Eine Vermittlung ist schlechterdings nicht möglich. Unglaublich war es, dass Muschg die beiden Extreme darstellte, und zwar zu hundert Prozent, so dass er, während er sprach, mit dem Dargestellten zusammenfloss. Aber mit beidem. Und beides schließt sich gegenseitig aus. Jetzt war eine Spannung aufgebaut, die beim nächsten Schritt zerreißen musste. Und so kam es. Wie oft habe ich es gesehen, dass Muschg anfing, mit den Füßen zu wippen, man sah es am plötzlichen Schwanken seines Oberkörpers hinter dem Pult. Dann stellte er sich auf die Zehenspitzen, ballte seine Fäuste vor seiner Brust und sagte, jede Silbe des Satzes vereinzelt und in voller Betonung: «Er war von in-ne-ren Kon-flik-ten zer-ris-sen.» Und bei «ris-sen» riss er beide Fäuste von seinem Brustkorb nach rechts und links und breitete die Arme in die Horizontale. Es war dieselbe Gewitterstimmung wie im Oberseminar, wenn er sagt: «Sie haben nichts verstanden.» Dann kam Schweigen. Das war der Salto Mortale. Und dann stieg aus seiner Kehle das Wort. Das Wort! Die Welten waren zerrissen, und es war Tohu-Wa-Bohu, und aus dem Chaos stieg der Magier, der sich selbst erzeugt. Das war der dritte Typus.

Magie setzt den Tod voraus. Nur Verstorbene sind Magier. Der Tod ist aber nicht der Tod des Körpers. Der Tod ist der Tod des Bewusstseins, das an den Körper gekettet ist, der Tod ist die Befreiung des Willens aus der Leibeigenschaft, und diesen Tod kann man erzeugen bei lebendigem Leib. Aber die Erzeugung von Magie, also die Selbst-Erzeugung, setzt voraus, dass man das gefährlichste Verbot des Abendlandes durchbricht: das Verbot des Widerspruchs. Nichts anderes hat Muschg getan. Nicht mit dem Denken, wie ich es später versuchte (Dietrich Spitta hat meine Ergebnisse 1983 veröffentlicht). Muschg tat es mit dem Willen, und das ist: mit dem Körper. Er stellte sich in den Gegensatz hinein, aber nicht als Vermittler, von Mitte kann keine Rede sein. Die Scheinlösung der «Polarität» hat er abgelehnt. Sondern er explodiert und ließ sich «zerreißen». Er ging durch den Tod. Und stand als Verstorbener vor unseren Augen an dem Rednerpult: auferstanden in der Magie.

Diese Vorlesung gab mir den Schlüssel für das Rätsel, das ich im vorigen Abschnitt geschildert habe. Muschg hat sein Bewusstsein aus den Fesseln des Verstandes befreit. Zu diesem Zweck musste er den Verstand auf die Spitze treiben. Die Spitze des Verstandes ist der absolute Gegensatz. Er lautet: Verklärung der Welt oder deren Verfluchung. Aber dieser Gegensatz hat etwas Gemeinsames. Nämlich «Welt». Wenn ich Welt vernichte, explodiert der Gegensatz. Denken verfinstert sich. Wille steigt empor. Was jetzt geschieht, ist gewollt. Oder es ist nicht. Aber indem es gewollt ist, ist es. Das ist die neue Welt der Magie. Und jetzt erst zeigt es sich, was die Formel bedeutet hat: «Sie haben nichts verstanden» oder «Du hast nichts verstanden» (zu Elli Muschg) oder «Ich habe kein Wort verstanden. Aber ich weiß, Sie können es» (zu mir).

Gerade das letzte Zitat beweist, dass diese Formel keine persönliche Verurteilung war. Der betreffende Mensch war gar nicht gemeint. Darin lag der Trost für Elli Muschg. Sonst hätte Walter Muschg die Formel nicht auf sich selbst angewendet. Sondern er brauchte den Nicht-Verstand. Alle hatten immer geglaubt – auch ich, ganz am Anfang, bevor ich die «Poetik» hörte: Muschg sähe eine bestimmte Wahrheit, und wer das Gegenteil behaupte, habe «nichts verstanden». Mit diesem Glauben blieben wir im Dogma der formalen Logik und unterstellten automatisch, dass Muschg das Dogma anerkenne. Darin lag der Irrtum seiner Zeitgenossen. Das «nicht verstehen» hieß nämlich: «nicht im Verstand» oder «vernichte den Verstand», und das bedeutet: stelle dich selbst in die Spannung, die dein bisheriges Bewusstsein zerreißt. Stirb. Erst nach dem Tod kommt das Können. Man höre den Satz: «Ich habe nichts verstanden.

Aber ich weiß, Sie können es.» Können ist Machen und «poiein» und Poetik.

In meinem Brief von 1965 zitiere ich unser erstes Gespräch. Damals sagte Muschg, er wolle die Typologie individualisieren. Im Brief schlug ich ihm vor, er möge sich selbst zur Individualisierung machen, also zum Magier. Hier steht auch mein Vorschlag der Autobiographie. Muschg sagte damals, wir müssten unbedingt darüber reden, aber das Gespräch hat nicht mehr stattgefunden. Er starb. Heute frage ich mich allerdings: Meinte er ein irdisches Gespräch? Oder meinte er jenes innere Gespräch, das tatsächlich stattgefunden hat, und in welchem er, der jetzt Verstorbene, sich individualisierte? Dieses innere Gespräch war die «Kritische Untergrund-Schule Schweiz». Hier waren die drei Typen versammelt, in schärfsten Gegensätzen, aber in Gestalt einzelner Menschen. Ich nehme das Ergebnis vorweg. Im Mai 1969 fand in Basel das «Untergrund-Treffen Schweiz» statt. Vom Aeschenplatz bis zum Barfüsserplatz waren die Straßen abgeriegelt. Nebst den Neugierigen waren erschienen: die Rocker-Gangs, vor allem die Hells Angels Switzerland. Die Hotscha-Sippe mit Urban Gwerder und den Zürcher Poeten. Die Junkere 37 von Bern mit Sergius Golowin. Die kritischen Studenten aller Kantone, darunter Hans Yeti Stamm aus Bern, der Super-Hippy. – Und natürlich das Fernsehen. Und Polizei. Also Subkulturen aller Art. Damals wurde ein Flugblatt verteilt, das sich heute nur noch im Polizei-Archiv befindet. Drei Typen wurden beschrieben: Rokko, Yppy und Tellek. Tellek waren die linken Intellektuellen, welche die bestehende gesellschaftliche Wirklichkeit verurteilen. Yppy waren die Blumenkinder der Schweiz, also die Schüler, Lehrlinge, die Gammler und Gaukler, die Hexen und Häuptlinge, von denen Golowin behauptet hatte, es habe sie seit Jahrhunderten in der Schweiz gegeben, auch ohne den Import aus Amerika. Rokko waren die Rocker, die Ritter auf Motorrad, die den Taktschlag der Kolben im Zylinder ihrer Maschinen wie ihren Herzschlag erfuhren, flach über den Straßen, deren Kurven sie sich anschmiegen, im Rhythmus der Rock-Musik, des Beat im Motor der Maschinen. Drei Typen von Menschen also, die nichts, aber auch gar nichts miteinander zu tun hatten. Das war die Typologie von Walter Muschg, ausgebreitet über den Barfüsserplatz, und nachts im Arnea-Haus. Diese Gruppen bildeten zusammen die K. U. S. S. Gerade die Gegensätze und Widersprüche waren das Leben. Von Uniformierung keine Spur. An dieser Stelle zeigt sich der Unterschied zum SDS in Westdeutschland. Der SDS war eine Dachorganisation, die plötzlich explodierte, als die Frauen aufs Rednerpult gingen und sagten: «Ihr Linken spielt Demokratie, aber zu Hause benehmt ihr euch wie die letzten Chauvinisten.» Das war das Ende. Die Fraktionen zersplitterten sich in alle Winde. Dort war die Stadt-Guerilla, da war die RAF, die Maoisten verschwanden als blaue Ameisen in den Fabriken, die Telleks machten den langen Marsch durch die Institutionen, die Frauen spalteten sich in die Lesben-Front und in die Matriarchalen, und die Mystiker und Religios verschwanden in ihren Bunkern. Genau das Gegenteil geschah in der Schweiz, und darin erkenne ich die Leistung von Walter Muschg. Seit Jahren, seit Jahrzehnten hatte es die Splittergruppen gegeben. Die Gruppen trafen und erkannten sich gegenseitig erst in der K. U. S. S. Was die Frauen betrifft, so haben sie die K. U. S. S. nicht gespalten. Im Gegenteil. Erst in der K. U. S. S. entstanden die ersten Gruppen der «Frauenbefreiung». Die ganze Bewegung und ihre Theorie ist dokumentiert in «Polemos» 12. Dort findet sich aber kein Wort von Walter Muschg. Warum? Weil meine früheren Kollegen des Oberseminars inzwischen Karrieren machten. Sie betrachteten meine K. U. S. S.-Arbeit als Schande. Sie erkannten meinen sozialen Abstieg, lange bevor ich in den Straßenbau ging. Und sie schämten sich meiner. Die einzige Ausnahme war Peter André Bloch, der mich zum Thema «Untergrund» auf das Podium der «Gruppe Olten» holte. Die übrigen machten nicht den langen, sondern den kurzen Marsch auf die Lehrstühle. Aber sie hielten den Literaturwissenschaftler Muschg in ehrenvollem Gedenken. Dafür habe ich sie geliebt. Ich wollte ihre Welt nicht durch meine Umtriebe beschmutzen. Also ließ ich den Namen Muschg unerwähnt. Erst neulich, in den «Ordensregeln», habe ich ihn benannt, und es wäre bei dieser bloßen Erwähnung des Namens geblieben, hätte Gunnar Porykis aus Potsdam nicht das Manuskript gelesen und mich gefragt, woher ich Muschg kenne. Ich fragte ihn zurück (in der Buchhandlung im S-Bahnhof Mexikoplatz in Berlin, Manfred Kannenberg stand daneben), was er von Muschg wisse? Ich war glücklich, dass jemand ihn kennt. Und jetzt erzählte Gunnar, er habe Walter Muschg in der DDR gelesen, und zwar dieselben Texte, die ich in München las, erst über Hanns Henny Jahnn, dann Muschg selbst, vor allem seine «Tragische Literaturgeschichte». Ich war vollkommen verblüfft. Davon hatte ich nichts gewusst. Und weil es nicht mehr die Akademiker waren, die über Muschg sprechen, und die ich in ihren Kreisen nicht stören wollte, sondern weil es ein Zivilist war, ein Einzelgänger, Künstler und Kulturtäter wie Gunnar: Jetzt endlich durfte ich über Muschg reden, ohne irgend jemanden zu beleidigen, und so sprach ich in Gunnars Arbeitskreis über die «Schwarze Sonne», von der ich hier noch gar nichts gesagt habe. Und auf Gunnars Bitte hin schreibe ich diesen Text nieder. Den Zusammenhang mit der K. U. S. S. habe ich hier zum ersten Mal ausgesprochen. Kein Mensch weiß etwas davon. Nur du.

### Die Lösung Merlins

Ich kehre zu der irrationalen und autoritären Sitzung zurück, in welcher Walter Muschg das Wort «Busch» als das «entscheidende» bezeichnet hatte. Inzwischen weiß die Leserschaft meines Textes, dass Muschg die Spannung des «Nicht-Verstandes» brauchte, um den Salto Mortale in die Magie zu machen. Daher die Rede über Merlin. Ich interpretiere jetzt das Goethe-Gedicht auf «magisch», mögen zehn Dissertationen aus den nächsten paar Sätzen entstehen, es wäre nicht das erste Mal. «Füllest wieder Busch und Tal.» Wer denn? Mond? Wer ist das? «Still mit Nebelglanz, lösest endlich» (man beachte den Unterschied: «wieder» gegen «endlich») «auch einmal meine Seele ganz.» Wessen Seele? Wer spricht hier?

Der Busch – und jetzt fasse ich zusammen, was ich damals lernte, mit dem, was ich inzwischen weiß – der Busch ist Merlin im Zustand seiner Verzauberung. Er wurde nämlich in einen Weißdorn-Busch gebannt. Daher das Wort «Busch». Die Legende sagt: Gebannt von Viviane vom See, seiner Geliebten, die ihn überlistet habe. Die Legende lügt. Merlin ist, als irdischer Mann, ein Dornbusch, wie jeder irdische Mann. Seine Seele ist das Mark in den Zweigen. Man nennt es «Seele». Wenn man es herausholt, kann man Flöten daraus schnitzen, und die Klänge der Flöte sind die laut gewordene Seele des Busches. Auch wenn ein Vogel auf dem Busch sitzt und singt, dann ist es die Seele des Busches, die singt. Und wer «löst» die Seele aus ihrer irdischen Verbannung? Das ist Viviane, die Frau vom See. Der See ist aber nicht der irdische Teich, oder das Meer, sondern die Silbersee des Mondes. Der Mond ist wiederum nicht die weiße Scheibe, sondern Mond ist die ganze Fläche, welche von der weißen Scheibe umrundet wird: die Mond-Sphäre, rund um die Erde ausgebreitet und quer durch die Erde, gefüllt mit

Silber. Diese Mondsphäre ist die Frau vom See. Sie ist der weibliche Anteil Merlins. Wenn sie die Seele des Busches erlöst, so kann die Seele sich mit der Frau vom See vereinigen. Aber nicht wie Mann und Frau es auf der Erde tun. Sondern auf der Erde ist Merlin der Mann. Geht er in den Mond, wird er zur Frau. Er selbst ist Viviane. Aber als Fläche, nicht als Körper. Sein Bewusstsein ist das Ganze, und alle einzelnen Dinge der Erde sind jetzt innerhalb seiner, oder besser gesagt: innerhalb ihrer. Und sein Wille ist nicht der Eigenwille, wie auf der Erde, sondern der freie, der entfesselte, der gute, der selbstlose Wille, wie auf dem Mond. Sobald Merlin beide Welten kennt, sobald er in beiden sich frei bewegen kann, jeweils nach den Spielregeln, sobald er also Mann und Frau, oder Erde und Mond wie zwei Waagschalen auspendeln kann, ist er in der nächsten Sphäre, die ebenfalls rund um die Erde liegt, und die man «Merkur» nennt, oder Hermes, oder Raphael. Das ist der Hermaphrodit, wo ein und derselbe Mensch die beiden Geschlechter nicht nur, sondern die beiden Ebenen hat. Wenn beide sich jetzt vereinigen, dann entsteht Venus oder Kupfer, aber die Vereinigung ist kein privates Vergnügen, sondern das Vergnügen ist seinerseits das Medium, das sich zur Verfügung stellt, wie eine Kupferleitung sich durchfließen lässt. Was dann fließt, ist das letzte. Man nennt es Sonne. Es ist aber nicht die weiße Sonne, die wir Irdischen am Himmel sehen. Es ist die Schwarze Sonne, die kein Licht ausstrahlt. Sondern sie ist Klang. Sie ist Sprache. Unsere Umgangssprache ist diese Schwarze Sonne, und niemand hat es bemerkt. Dieser Niemand ist Walter Muschg. Wer spricht, und wer zuhört, der befindet sich bereits in der Magie, aber er weiß es nicht. Er befindet sich bereits jenseits des Todes, mitten unter den Verstorbenen, aber er ahnt nichts davon. Nur der Magier weiß es. Was also hat Walter Muschg vor unseren Augen getan, wenn er den Salto Mortale machte? Er hat seinen Männerleib verlassen. Er hat sich in seine eigene Mondfrau verwandelt. Er war kein Mittelpunkt mehr. Er war Umkreis. Und wir waren ihm nicht gegenüber. Wir waren innerhalb seiner. Innerhalb seiner Weiblichkeit.

Über dieses Thema wäre viel zu sagen. In meinen Ordensregeln nenne ich den Vorgang der Magie: Eintritt in die eigene Verstorbenheit. Jetzt hingegen spreche ich von: Lösung in die eigene Weiblichkeit. Dieser Text ist der erste, in welchem ich von der Mondfrau spreche. Ich kann es tun (und vorher durfte ich es nicht), seit Elli Muschg-Zollikofer gestorben ist. Sie, die jüngst Verstorbene, blickt mir über die Schulter, während ich schreibe. Ich sehe ihr strahlendes Lachen. Nein. Ich sehe es nicht. Dazu müsste ich mich umdrehen. Ich ahne es. Denn ein Schimmer davon huscht über dieses Stück Papier: «Füllest wieder Busch und Tal, still mit Nebelglanz; lösest endlich auch einmal meine Seele ganz.» Wer spricht hier? Wer denn? Das Wort.

# Die Zerstörung der deutschen Kultur durch Goethes Faust

«Niemand wird leugnen, dass die deutsche Kultur einen großen Teil ihrer Verbesserung dem Herrn von Goethe zu danken habe. Ich bin dieser Niemand. Ich leugne es geradezu. Es wäre zu wünschen, dass sich Goethe niemals mit der Kultur vermengt hätte. Seine vermeintlichen Verbesserungen sind wahre Verschlimmerungen.»

Mit diesen Sätzen beginnt Lessing seinen berühmten 17. Literaturbrief, Berlin 1759. Allerdings heißt es nicht «Goethe», sondern «Gottsched». Goethe war damals zehn Jahre alt. Aber gib zwanzig Jahre dazu, und Lessing hätte dasselbe über Goethe geschrieben. Wer war Gottsched? Ein Professor aus Leipzig, der das aristokratische Drama in Deutschland einführen wollte. Nur Adlige durften als Helden auftreten. Lessing dagegen begründete das bürgerliche Theater. Jeder Mensch kann zum Helden werden. Deshalb spricht Lessing im Namen des «Ich». Sein «Ich bin» gab ihm die Autorität bei der damals jungen Generation. Gegen die aristokratische Bühne empfiehlt er Shakespeare. Die Shakespeare-Begeisterung der «Stürmer und Dränger» war die Folge davon. Goethe sollte ihr Sprecher werden. Der 17. Literaturbrief empfiehlt als Stoff für ein freies deutsches Theater: «Faust»! Ein Fragment aus Lessings Faust-Drama wird abgedruckt. Die Folge war eine Flut von Faustdichtungen. Lessing wollte die Texte der jungen Generation abwarten.

Dann sollte der Lessingsche «Faust» alles in den Schatten stellen. Vor allem auf das Produkt des jungen Goethe hat er gewartet. Der Berliner Autor Engel erzählte in Wien, «dass Lessing seinen Doktor Faust sicher herausgeben würde, sobald Goethe mit seinem erschiene; dass er gesagt hätte: Meinen Faust holt der Teufel, aber ich will Goethe seinen holen!» Warum gerade Goethe? Warum nicht Klinger, Müller, Lenz? Weil Goethes «Werther» in Lessing einen tiefen Widerwillen geweckt hatte. Anlass dieses Romans war der Selbstmord des Studenten K. W. Jerusalem. «Die philosophischen Aufsätze von K. W. Jerusalem» hat Lessing veröffentlicht, zwei Jahre nach Goethes «Werther». Lessing wollte das öffentliche Ansehen des Studenten von der Grimasse befreien, die Goethe aus ihm gemacht hatte. Eine ähnliche Grimasse befürchtete Lessing von Goethes «Faust». Nach dessen Erscheinen wollte Lessing sein eigenes Drama aufführen. Goethe erfuhr davon. Aus Angst vor Lessing hielt er seinen «Urfaust» zurück. Er las ihn zwar vor, am Fürstenhof von Weimar. Aber der «Urfaust» wurde erst nach Goethes Tod veröffentlicht. Lessing stirbt 1781. Im folgenden Jahr lässt Goethe sich adeln. Was Gottsched nur gepredigt hatte: Goethe hat es getan. Er wird zum adligen Helden. Lessing hatte umsonst geschrieben. Dennoch zögerte Goethe weitere neun Jahre, bis er sein Faust-Fragment veröffentlichte. Es gab nämlich das Gerücht, der Faust von Lessing läge vollendet in einer Holzkiste, die irgendwo in Leipzig oder Dresden beim Transport verschwunden sei. Diese Kiste ist bis heute nicht gefunden worden. Also lag – damals wie heute – die Gefahr in der Luft, dass Lessings Drama zum Vorschein kommt und alles in den Schatten stellt, was damals von der jungen Generation geschrieben wurde. Erst zu Beginn des 19. Jahrhunderts gab Goethe seinen «Faust I» in Druck. Den Teil II versiegelte er bis zu seinem

Tod. Woher kommt dieses Zögern? Warum hat Goethe solche Angst vor Lessings Faust? Wer ist diese Gewitterwolke, die bis zum heutigen Tag über der deutschen Literatur lastet? Der Blitzschlag, den man fürchtet, ist Faust. Nicht Goethes «Faust». Sondern das Gegenteil. Faust selbst.

Was ich jetzt erzählen werde, war Goethe ebenso bekannt wie allen Gebildeten seiner Zeit. Aber seit Goethes «Faust» wissen wir nichts mehr davon. Deshalb muss ich das Wissen erneuern. Im 16. Jahrhundert römisch-christlicher Zeitrechnung erschien in Deutschland ein Mann, der sich den Titel gab: «Faustus Minor» und «Magus Secundus». Das Wort «Faust» ist also kein Privatname. Der Mann hieß nicht Heinrich Faust, wie Goethe behauptet. «Faustus» ist ein Rang, ein Amt, eine Stufe des Könnens. Faustus Minor heißt: der jüngere Faust. Wer war der ältere? Magus Secundus heißt: der zweite Magier. Wer war der erste? Jeder Theologe des 16. Jahrhunderts wusste, was diese Titel bedeuten. Als der erste Magier galt Simon Magus, der in der Apostelgeschichte des Neuen Testaments als Gegner des Petrus auftritt und verdammt wird. Simonie ist eine der Todsünden der Römischen Kirche. Und wer ist der «ältere Faust»? Berühmt wurde er durch die «Bekenntnisse» des Augustinus, Kirchenvater der Römischen Christen. Faustus war ein Bischof der Manichäer. Sein Name bedeutet: «der Glückliche, der Erleuchtete» (im Buddhismus ist es: «der Erwachte»). Augustinus war zehn Jahre lang Schüler der Manichäer. Aber er hat die Prüfung nicht bestanden. Also ging er zur Konkurrenz. Er wurde Priester der Römischen Christen. Alle Perlen, die er in die katholische Theologie einbrachte, hatte er von den Manichäern. Um seine Quelle zu verhüllen, hat er die Manichäer beschimpft. Seine Schilderung des «Faustus» in den «Bekenntnissen» hatte zur Folge, dass der Titel «Faustus» zum Schimpfwort der nächsten

Jahrhunderte wurde. Auch der Augustiner-Mönch Martin Luther hat sich an der Beschimpfung beteiligt, als der «jüngere Faustus» im Zeitalter der Reformation auftauchte. Die Gegner der Manichäer verraten sich durch ihre «Bekenntnisse». Nicht nur die «Confessiones» des Augustinus, auch die «Augsburger Confession» von Melanchthon und Luther, auch Rousseaus «Confessions» und Goethes Satz: «Meine Schriften sind die Bruchstücke einer großen Konfession» – die Texte sollen als subjektive Beichte erscheinen, sind aber gezielte Waffen zur Vernichtung der Manichäer.

### Mani und Ger-Mani

Wer sind die Manichäer? Wir kennen sie nur aus den Bekenntnissen ihrer Gegner. Ihre eigenen Schriften wurden vernichtet. Offenbar arbeiteten sie in sämtlichen damals bekannten Kulturen. In China waren sie Taoisten. In Indien waren sie Brah-Manen. Und rund ums Mittelmeer waren sie Christen. Ebenso sagt Lessing im «Nathan»: Was zählt, ist nicht deine Religion, sondern dein Verhalten. «Der echte Ring offenbart sich in der Güte dessen, der ihn trägt.» Es geht also nicht um Wissen oder Glauben. Es geht um die Handlung. Grund der Handlung ist der Wille. Der Wille hat mit Gut und Böse zu tun. In Lessings Faust-Fragment lautet der letzte Satz: «Der Übergang vom Guten zum Bösen.» Aber was haben diese Manichäer eigentlich getan? Was tun sie heute noch?

Das Wissen um die Manichäer wurde mit derselben Lüge zerstört, mit welcher Goethe den Namen «Faust» als Privatname darstellt. Der Gründer der Manichäer soll ein Mann namens Mani gewesen sein, der kurz vor Augustinus in Persien gelebt hatte. Aber Mani ist – wie Faustus – ein Titel, ein Rang, eine Aufgabe, eine Stufe des Bewusstseins. Solche «Manis» findest du am Beginn jeder Kultur, von der wir geschichtliche Kenntnisse haben. Manu ist der Gesetzgeber des Alten Indien. Er gründet die Religion der Brah-Manen. Menes oder Manas ist der Gründer des Alten Ägypten. Sogar die Kinder Israels, die aus Ägypten fliehen, zehren von «Manna», sonst wären sie in der Wüste verhungert. Minos ist der Gründer der minoischen Kultur des Mittelmeers. Bei den nördlichen Kelten heißt er «Manasch» oder «Mensch», auch genannt: Ger-Mani. Und die Bewohner des fernen Westens, die man später «Indianer» nannte, haben ihren Manitu. Wer sind diese Kulturgründer? Woher kommen sie? Mit ihnen beginnt die Zeitrechnung. Was war vor der Zeit? Der Menes der Ägypter sagt: Vorher waren die Götter. Aber wo waren sie? Der indische Manu hilft uns weiter. Er soll über die große Flut gekommen sein. Das wäre also die «Sündflut» des Alten Testaments. Was war vor der Sündflut? Aus Ägypten drang die Kunde zu Platon, der sie von seinem Vorfahren Solon erfuhr: Vorher war Atlantis. Aber Atlantis ist untergegangen, wie Platon behauptet. Woher kommen dann die späteren Manichäer? Woher kommt ein Faustus Minor ins 16. Jahrhundert nach Deutschland?

An dieser Stelle nehme ich wörtlich, was Platon im «Siebten Brief» behauptet. Seine Schriften geben nicht alles wieder, was in der Platonischen Akademie wirklich geschah. Über Atlantis wurde also nur ein Teil veröffentlicht. Der andere Teil blieb geheim. Dasselbe gilt für die berühmte «Kunst des Sterbens». Auch davon geben die Schriften nur das Äußere. Die Kunst selber ist Sache der Praxis. Die Praxis hängt vom einzelnen Menschen ab. Das ist das einzige Geheimnis. Es kann nicht beschrieben werden. Es muss getan werden. Und zwar von dem Menschen, der die Schriften liest. Ob der Leser es auch tut, was geschrieben steht: dies bleibt Geheimnis. Damit enthüllt sich das Geheimnis der Kulturgründer. Entweder du selber wirst zu einem Mani, oder die Manichäer bleiben für dich blauer Dunst. Platons Gegner haben deshalb gesagt: Atlantis gibt es nicht. Sie haben Recht. Atlantis unterliegt nicht der Zeitrechnung. Es ist ewig. Also kann es gar nicht untergegangen sein, höchstens im Bewusstsein derer, die nur in der Zeitrechnung denken können. Die Leser selbst sind der Untergang. Sondern Atlantis ist der Kontinent des ewigen Lebens. Ewig ist das Leben, das sich selbst erzeugt. Indem es sich selbst erzeugt, muss es sich selbst empfangen. In diesem Bewusstsein leben die Menschen, welche die Kunst des Sterbens ausüben. Denn der irdische Leib ist nur sexuell. Dieses Wort kommt von «secare», das ist: zerschneiden. Wie etwa: Sekte oder Sektion. Das sind Teile eines verlorenen Ganzen. Im irdischen Leib bist du männlich oder weiblich. Du hast Gehirn, und getrennt davon die Hoden. Dieser Leib verhindert die Selbstbefruchtung. Er gilt deshalb als sterblich, und das Bewusstsein ist seine Eigenschaft. Daher nennt man die Sterblichen auch: Leib-Eigene. Die Verstorbenen auf Atlantis dagegen sind die Selbst-Befruchter. Ihr Leib umfasst beide Geschlechter. Das deutsche Wort «Menschengeschlecht» weist darauf hin, im Gegensatz zu «Sexualität». Die Selbsterzeuger nennt man «autonom» oder «Götter». Sie sind die Befriedigten, die Glücklichen oder Erleuchteten. Das heißt «Faustus». Und weil ihre Bedürfnisse befriedigt sind, haben sie eine Leidenschaft, die sich vom irdischen Menschen radikal unterscheidet. Leidenschaft ist griechisch: Mania, also Mani. Die Götter haben keinen Eigenwillen. Sie wollen nicht mehr Mittelpunkt sein. Sie wollen Umkreis sein, Horizont und Landschaft. Ihre Mitte lassen sie frei. In der frei gewordenen Mitte kann ein anderes Wesen, ein fremdes Wesen sich frei entfalten. Diese Haltung nennt man den guten Willen. Der gute Wille ermöglicht die Selbstoffenbarung des anderen Menschen. Diesem Anderen wird Leben und Freiheit geschenkt, und zwar ohne Bedingung. Die Anerkennung des Anderen ist die gegenseitige Geburt, die auf Atlantis stattfindet. Auf diese Weise verkehren die Atlantier miteinander. Bei den Ger-Manis heißt es: der Palast der Göttin Freya. Freya oder Freyheit ist die Göttin, der man nach dem Tod begegnet. Zugleich ist sie die Göttin der Liebe. Liebe und Tod sind das Thema der deutschen Kultur. Die «Guten» oder «Götter» sind also die Bewohner von Atlantis, und die Manis oder Ger-Manis sind ihre Botschafter auf der Erde der Sterblichen. Der ägyptische Menes brachte zum Beispiel die Kunde von einem doppelgeschlechtlichen Gott namens Thot. Die Griechen verglichen ihn mit ihrem Hermes, und zwar in der Sondergestalt des Hermaphroditen. Im Deutschen heißt er nach wie vor: «Tod». Aber was heißt das Wort «deutsch»? Die Griechen unterschieden ihren kleinen Hermes vom ägyptischen Thot, indem sie Thot als «trismegistos Hermes» bezeichneten, das ist: «drei mal groß». Er gilt nämlich als Meister oder Meisterin der geheimen Wissenschaften der Magie, die man «Hermetik» nennt, bis zum heutigen Tag. Die Hochachtung vor dem ägyptischen Thot ging derart weit, dass sein ägyptischer Name ins Griechische übernommen wurde. Er lautet «The-os». Daher «Theo-logie». Die Lateiner machen daraus: «De-us». Bei den Germanis heißt er «de-utsch», oder früher sogar: «teutsch» (gesprochen: «t-o-e-t-sch»). Wer also sind die Deutschen? Die Deutschen sind die Götter von Atlantis. At-Land ist Deutsch-Land. Und was ist die «deutsche Kultur»? Die Deutschen oder Götter von Atlantis besiedeln die feste Erde und ihre eingeborene Bevölkerung: Die nur einmal Geborenen werden von den Deutschen in die Ewigkeit geführt. Die Sendboten sind die Manis oder Germanis. Die deutsche Kultur wird also jeden irdischen Menschen mit einem Bewusstsein begaben, das zugleich göttlich ist. Die irdische Sexualität wird zum «Menschenge-schlecht erzogen» (Lessing). Auf der Erde leben und zu-gleich auf Atlantis: das heißt «deutsche Kultur». Willst du den Beweis dafür? Gerne!

### Faustus und die Umlaufbahn der Erde

Im 16. Jahrhundert kommt ein Mann nach Mittel-europa, der sich Faustus Minor nennt. Also kam er als Manichäer und Kulturgründer. Gegenüber der arbeitenden Bevölkerung nannte er sich «Ich». Er zeigte seinen Zeit-genossen, wie man das Bewusstsein der Ewigkeit erreicht. Gegenüber der Besatzungsmacht hingegen nannte er sich «Faustus und Magus», wohl wissend, dass diese Titel eine Herausforderung sind. Besatzungsmacht sind die Fürsten und Geistlichen aller Konfessionen. Sie sind von Rom gesteuert und wollen den germanischen Menschen im Zustand der Leibeigenschaft halten. Nur eine Ausnahme wurde von der Besatzungsmacht anerkannt. Früher war es der römische Caesar oder Kaiser, später heißt er Christus. Die Cäsaren nannten sich nämlich «deus», also «deutsch». Sie nannten sich «aeternus», das ist: «ewig». Also sind sie im Zustand der Selbstbefruchtung: Die Möglichkeit des ewi-gen Lebens wird von der römischen Kultur nirgends bestrit-ten. Aber sie gilt nur für den Einen. Der Rest der Menschheit muss im Zustand der Knechtschaft leben. Warum ging die Eigenschaft der Cäsaren auf Christus über, sowohl bei Au-gustinus wie bei Luther? Weil Jehoshua ben Mirjam (Jesus) offenbar ein Manichäer war, lange vor Mani. Er ging durch den Tod und kam wieder zurück, und zwar mit der Haltung des «Guten». Damit dieses Beispiel nicht zum Vorbild wird, wurde Jehoshua zum Christus oder Caesar erhoben. Nur dieser Eine kann es, und da er abwesend ist, wird sein Kön-nen vom Papst verwaltet. Oder vom Priester. An dieser Stelle setzt der Faustus des 16. Jahrhunderts seine Arbeit an. Jeder Mensch kann den Weg ins ewige Leben gehen, nicht nur Christus, Caesar oder Papst. Und zwar jetzt. Die Germanis werden zum Bewusstsein ihrer selbst befreit. Gegen diese Herausforderung schleudern die Protestanten ihr «Volksbuch vom Doktor Faust». Lessing hat es als Fälschung entlarvt. Aber davon wissen wir nichts, denn Goethe hat das Volksbuch wieder eingeführt. Das Volksbuch und Goethe behaupten nämlich, Faust hätte einen Teufels-Pakt gemacht. Und jetzt müssen wir scharf unterscheiden. Der Teufels-Pakt bedeutet nicht etwa, dass Faust ein böser Mensch wird. Bei Augustinus und Luther ist jeder Mensch böse, weil er der Erbsünde unterliegt. Er hat gar nicht den freien Willen, um selber gut zu werden. Gut wird er nur durch die Begnadigung der Kirche. Deshalb ist Faust nicht böser als andere Menschen. Böser als der normale Mensch kann ein Mensch gar nicht werden. Sondern was man dem Faustus vorwirft, heißt Magie. Das Volksbuch – wie auch Goethe – behaupten nun, dass Magie für den Menschen gar nicht möglich sei. Nicht einmal für den Manichäer Faustus. Jeder Mensch ist Sünder, Knecht und auf Gnade angewiesen. Also wird behauptet, Faust sei als Magier gescheitert. Woran erkennt man, dass ein Magier eine Prüfung nicht besteht? Dass er versagt? Dass er impotent ist, was das Gute betrifft? Man erkennt es daran, dass er zum verzweifelten Hilfsmittel und Ersatz greift: zum Teufels-Pakt. Ein echter Magier hat den Pakt nicht nötig. Nur der Pfuscher benützt ihn. Der Vorwurf des Paktes bedeutet also nicht, dass Faust böse wird. Jeder Mensch gilt als böse. Sondern der Pakt bedeutet: dass Magie nicht möglich ist. Nicht einmal der Supermagier und Manichäer kann es. Mit diesem Vorwurf wird Faustus nicht nur lächerlich gemacht. Vielmehr wird die grundsätzliche Möglichkeit einer deutschen Kultur in Mitteleuropa verhindert. Die Germani sind Leibeigene und sollen es bleiben. Das ist die Botschaft des Volksbuches. Um das Maß voll zu machen, wird Faustus ermordet. Die Mörder schildern mit Genuss: wie das Gehirn dieses Mannes an den Wänden klebte. Meine Antwort auf den Meuchelmord an Faustus lautet wie folgt. Falls alles zutrifft, was ich bisher gesagt habe; falls Faust also Manichäer war – lebt er dann nicht im leib-freyen Bewusstsein? Kann es ihm nicht gleichgültig sein, ob man ihn ermordet oder nicht? Kann er nicht ohne seinen Körper wirken? Ja. Die Magier haben die Regel: Ich spreche durch den Mund meiner Mörder. Und Faustus hat gesprochen. Bereits kurz vor seiner Ermordung spricht er durch die Hand des Katholiken Kopernikus. Er schreibt nämlich, die Erde sei ein Himmelskörper, der sich im Weltall bewegt. Seine Bahn kehre in sich zurück. Das heißt «Revolution». Die Umlaufbahn der Erde ist also ein Kontinuum und bildet das «Jahr». Dieses Kontinuum ist der Kontinent, von dem ich spreche. Er ist schon deshalb ein Kontinent, weil er ein Kontainer ist: Er hat einen Inhalt. Der Inhalt ist die Sonne. Die Sonne ist innerhalb der Umlaufbahn der Erde. Damit hat Faustus – durch Kopernikus – den Kontinent Atlantis lokalisiert. Atlantis ist kein Teil der Erde. Die Erde ist Teil von Atlantis. Und zwar ist sie der 365. Teil der Umlaufbahn, die kontinuierlich ist, also Kontinent im Sonnensystem. Kopernikus stirbt. Faustus geht zu den Dominikanern, von denen die Bevormundung Europas gesteuert wurde. Faustus sagt durch den Mund des Dominikaners Giordano Bruno: Das Universum ist unendlich. Unendlich bedeutet: guter Wille. Jeder Himmelskörper geht seine Bahn aus freyem Willen, nicht gesteuert durch Gesetze der Natur. Der Kontinent Atlantis ist also ein freyer Himmelskörper, mithin eine Person. Giordano Bruno wird verbrannt. Inzwischen war der Jesuitenorden zur Speerspitze der Inquisition geworden. Also spricht Faustus durch den Jesuiten-Zögling Descartes und richtet dessen Verstand gegen die Prinzipien der Jesuiten. Er gibt ihm die alte Manichäer-Formel, die Descartes berühmt gemacht hat: «Cogito ergo sum». Sie kommt schon bei Augustinus vor, aber er hat sie nur gedacht und nicht gewollt. Er hat sie nicht praktiziert. Descartes trainiert die Formel während fünfzehn Jahren. Er entdeckt einen Zustand der absoluten Wachheit, ohne jeden Inhalt. Dieser Zustand ist unabhängig vom Körper. Descartes kommt also zu den Leibfreien oder Verstorbenen von Atlantis. Dort entdeckt er ein Bewusstsein, das ewig in diesem Zustand ist. Er nennt es französisch «dieu», lateinisch «deus», also «deutsch». Descartes stirbt auf der Flucht vor der Inquisition. Jetzt spricht Faustus aus dessen Schüler Spinoza. Der junge Spinoza wurde aus der jüdischen Gemeinde Amsterdam ausgeschlossen und mit einem Bannfluch belegt. Er erklärte: «Deus sive natura.» Das ganze Weltall ist deutsch oder «deus» oder Atlantis. Also kann jeder Mensch den Übergang jederzeit machen. Von Spinoza geht Faust zu Lessing. Erst in Lessings Schriften nennt er sich wieder «Faust». Im 17. Literaturbrief steht, Faust sei «der Liebling des deutschen Volkes». Sein Thema sei «der Übergang vom Guten zum Bösen». Was ist das Gute? Das Gute ist der gute Wille der Atlantier. Was ist das Böse? Laut Luther ist es der irdische Mensch. Was ist der Übergang? Das ist der Mani oder Germani oder Manichäer. Das Volksbuch und den Teufelspakt bezeichnet Lessing als Alptraum. In seinem geplanten Drama sollte der junge Faust auf der Bühne einschlafen und alles träumen, was die Protestanten gegen ihn vorbringen. Dann sollte Faust erwachen und sagen: «Jetzt weiß ich, was ich zu tun habe.» Und schließlich schreibt Lessing «Die Erziehung des Menschengeschlechts». Das ist die Erziehung der irdischen Sexualität zur Geschlechtlichkeit des Atlantiers. Der letzte Satz lautet: «Ist nicht die ganze Ewigkeit mein?» Das Wort «ewig» bezeichnet die Selbsterzeugung des Bewusstseins. Und schon spricht Faustus durch Immanuel Kant. Mit Kant entwirft er zwei Fahrzeuge, wie die Buddhisten es nennen. Das erste Fahrzeug bringt dich in das Bewusstsein des irdischen Menschen. Als Hebel benützt du: Zeit, Raum und Kausalität. Das zweite Fahrzeug bringt dich nach Atlantis. Als Hebel benützt du: die Tätigkeit des Denkens, die sich auf sich selber richtet. Sie ist Wille. Der Wille ist autonom. Seine Quelle ist das Gute. Diesen Zustand nennt Kant den «heiligen». Das zweite Fahrzeug heißt «Kritik der praktischen Vernunft». Das irdische Fahrzeug heißt: «Kritik der reinen Vernunft». Dann spricht Faustus durch den Kant-Schüler Fichte. In Fichte verbindet er die beiden Fahrzeuge durch den Begriff «Ich». Das Ich kann Bezeichnung des irdischen Körpers sein. Zugleich ist es die Selbst-Aussage der Deutschen oder Götter. Es umfasst den Eigenwillen des Sterblichen und den guten Willen des Ewigen. Mit dieser Technik arbeitet der Fichte-Schüler Friedrich von Hardenberg. Hardenberg war in ein sehr junges Mädchen vernarrt. Ihr Name war Sophie von Kühn. Sie starb. Hardenberg entdeckt, dass seine geschlechtliche Leidenschaft sich steigert, obwohl die Geliebte tot ist. Mit Lessings «Erziehung des Geschlechts» und mit der Technik des zweifachen «Ich» bei Fichte gelingt es ihm, der Geliebten nachzusterben, obgleich sein Körper auf der Erde lebt. Er schreibt Texte, die von der Verstorbenen diktiert sind. Die beiden Autoren nennen sich «Novalis». Das bedeutet: «Nova Atlantis» (Neues Atlantis). Die «Hymnen an die Nacht» schildern die Umwandlung der Sexualität in die Selbst-Befruchtung der Verstorbenen. Der Roman «Heinrich von Ofterdingen» enthält das Märchen von Atlantis, das die Kaufleute erzählen. In den Notizen zum zweiten Teil finden wir den «König von

Atlantis» und die «Vermählung der Jahreszeiten» auf der Umlaufbahn der Erde. Durch das Autoren-Paar «Novalis» hat Faustus die Umrisse der deutschen Kultur vollendet. Die deutsche Kultur ist keine geschichtliche Kultur. Sie ist die Kultur der Ewigkeit. Oder sie ist nicht. Ihre Vernichtung war Goethe vorbehalten. Der «Heinrich von Ofterdingen» war ein bewusstes Gegenstück zu Goethes «Wilhelm Meister». Nach den Veröffentlichungen der beiden Novalis publizierte Goethe seinen «Faust». Nicht Schiller hat ihn dazu veranlasst, wie man behauptet. Sondern das Stichwort «Atlantis» hat Goethe in Panik versetzt.

### Die Zerstörung

Goethe beginnt mit dem «Prolog im Himmel». Die Szene ist aus dem Buch «Hiob» des Alten Testaments. Dort spricht Gott mit Satan über Hiob, den er «meinen Knecht» nennt. Ebenso wird Faust als «Knecht» bezeichnet. Der Knecht ist der Leibeigene. Goethe glaubte an den Feudalismus. Er war ein Anbeter des Adels wie Professor Gottsched. Wie sehr er die Demokratie verachtet hat, zeigt sich am Ende des zweiten Teils. Dort faselt der uralte Faust etwas von «freiem Volk», aber auf der Bühne graben die Lemuren das Grab. Dieser Zynismus ist nicht zu überbieten. Das Wort «Knecht» hat aber eine zweite Bedeutung. Leibeigener bin ich dann, wenn mein Bewusstsein die Eigenschaft meines Leibes ist. Dann bin ich unfrey. Heute sagen die Amerikaner dasselbe. Das Denken sei eine Funktion des Gehirns, und das Gehirn sei ein Computer. Das ist beste römische Theologie. Das ist der krasse Gegensatz zu Faustus Minor. Und damit Faust an seinen Leib gefesselt wird, wird «Faust» zum Privatnamen. Von Titel oder Amt des «Faustus» ist keine Rede mehr. Ebenso wird das Wort «Ich» abgeschafft. Der erste Satz, den der leibeigene Faust auf der Bühne sagen darf, lautet nicht etwa: «Ich habe nun Philosophie ...» Im Gegenteil. Er sagt: «Habe nun, ach!, Philosophie ...» Aus «Ich» wird «ach!» Hat man das «Ach!» gehört? Es ist eine schallende Ohrfeige ins Gesicht des Ich-Philosophen Fichte. Eine Frau Faust hat also Heinrich Faust zur Welt gebracht, und der Heinrich erzeugt nun lauter kleine Fäustchen. Aber halt! Dieser Knecht ist gar nicht fähig zur irdischen Sexualität, zumindest nicht, wenn es um Frauen geht. Um Frauen zu begehren, muss er erst in die Hexenküche. Dort wird er geschminkt und mit Drogen abgefüllt. Erst als Transvestit kann er begehren. Um die künstliche Gier zu stillen, muss er die Mutter vergiften. Der Bruder wird meuchlings ermordet. Margarete wird schwanger. Von wem eigentlich? Ihr Kind will sie dem Transvestiten-Paar nicht ausliefern. Sie tötet es und wird ihrerseits hingerichtet. Hier endet der erste Teil. Das ist Goethes Darstellung des Manichäers Faustus Minor.

Nach dem Zweiten Weltkrieg hat Paul Celan seine «Todesfuge» veröffentlicht. Celan trauert um die jüdische Kultur, die in Deutschland zerstört wurde. Er sagt: «dein aschenes Haar Sulamith». Sulamith ist der Name der Frau im Hohen Lied Salomonis. Ihr schwarzes Haar steigt als Wolke aus den Gasöfen. Aber Celan fügt hinzu: «dein goldenes Haar Margarete». Die deutsche Kultur wurde in Deutschland zerstört, lange bevor die jüdische Kultur zerstört wurde. Aber heute noch applaudiert man zu Gretchens Untergang auf der Bühne. Der zweite Teil ist derart zynisch, dass Goethe es nicht gewagt hat, ihn zu veröffentlichen, während er lebte. Faust erwacht auf blumiger Wiese, gesättigt von Gretchens Blut. Diese Szene hat Bram Stoker später in seinem berühmten «Graf Dracula» weitergedichtet. Dann unterwirft Faust sich hündisch dem Kaiser, vor keinem Verbrechen zurückschreckend. Sobald er zwei Menschen trifft, die sich lieben, lässt er sie verbrennen. Die Menschen heißen Philemon und Baucis. Ihr Mörder Faust ist hundert Jahre alt laut Goethe. Verbrennen! Das ist das Ende. «Dein goldenes Haar Margarete, dein aschenes Haar Sulamith» (Paul Celan). Dass die Nazis sich mit dem impotenten Klein-kriminellen identifiziert haben, wundert mich nicht.

Dass Faust am Schluss gerettet wird, verdanken wir Lessing. Dessen Holzkiste lag immer noch drohend in der Mark Brandenburg. Lessing hatte den Teufelspakt als Alp-traum der Protestanten dargestellt. Aber wie gelingt Goethe die Rettung des Zynikers Faust? Er führt die Madonna ein. Die Verszeilen sind aus Gedichten der beiden Novalis ent-lehnt, und dagegen wäre nichts einzuwenden. Aber für Novalis ist die Madonna der blaue Himmelskörper. Das ist die Erde in ihrer Umlaufbahn. Die Madonna ist die Königin von Atlantis. Und was macht Goethe daraus? Die Madonna schwebt ganz oben, im Himmel. Unten ist die Erde wie eine feste Scheibe. Das ist das mittelalterliche Weltbild. Koperni-kus wird widerrufen. Nicht nur die deutsche Kultur, auch ihr kosmischer Ort wird zerstört. Weimar enthüllt sich als Weima-Rom.

Ich habe nicht behauptet, dass Goethe glaubt, was er sagt. Sein «Faust» ist nicht das Bekenntnis privater Pro-bleme. Sein «Faust» gibt nicht wieder, was er von Magie wusste. Mein Lehrer Walter Muschg, ein Kenner der echten Magie, sagt in seiner «Tragischen Literaturgeschichte»: Goethe habe sich für das bewusst Böse entschieden. Goethe hat also alles gewusst, was ich über den Faustus Minor und die Manichäer gesagt habe. Gerade deshalb konnte er das Gegenteil darstellen. Der Leser seiner Werke hat keine Möglichkeit mehr, den wirklichen Faust kennen-zulernen. Die Wirklichkeit der deutschen Kultur wird ganz bewusst vernichtet. Hier ist ein Könner am Werk.

### Deutschland als Hohlspiegel

Seit zweihundert Jahren ist die deutsche Kultur zerstört. An die Stelle der Ger-Mani und der Heiligen trat das Nichts. Das Nichts ist eine Finsternis. Die Finsternis ist ein Spiegel. Deutschland wurde zum Spiegel für seine Umwelt, die man Ausland nennt. Im Ausland wurde mir gesagt, wir Deutsche seien Kinder, die alles nachahmen, was im Ausland geschieht. Weil wir Kinder seien, müsse man uns erziehen. Daher die Re-Education nach dem Zweiten Weltkrieg. Aber diese herablassende Bemerkung wurde mit einer Stimme geäußert, in der ich Angst vor den Deutschen spürte. Wenn die Kinder das Ausland nachäffen, dann spiegeln sie es zurück. Und zwar als Karikatur. Denn der Spiegel ist ein Hohlspiegel. Alles, was im Ausland geschieht, wird in Deutschland auf die Spitze getrieben, und die Spitze bricht ab. Sämtliche politischen Verfassungen wurden in Deutschland nachgeahmt und ins Absurde übertrieben. Dasselbe gilt für die technischen und wirtschaftlichen Umwälzungen. Kaum erreichen sie Deutschland, werden sie zum Salto Mortale. Denn Deutschland ist das Land der Götter und Heiligen. Sobald die Götter verschwinden, lassen sie den Hohlraum zurück. Über dem Hohlraum schwebt die Gewitterwolke des Absoluten. Das Absolute enthüllt alles Relative als nichtig. Die Neuerungen des Auslandes mögen für das Ausland berechtigt sein. In Deutschland werden sie zur Grimasse. Deshalb hat das Ausland Angst vor den Deutschen. Die Deutschen enthüllen die Wahrheit. Nicht die eigene. Die eigene Wahrheit ist zerstört. Sie besteht nämlich in der Gutheit. Sondern die Deutschen enthüllen die Wahrheiten des Auslandes als Irrtümer, die sich selbst vernichten, wenn sie ins Absolute getrieben werden. So hat Hitler die jüdische Kultur zwar zerstört. Zugleich hat er versucht, sie nachzuäffen. Die jüdische Kultur ist matri-linear. Jude bin ich dadurch, dass eine jüdische Mutter meinen Leib geboren hat. Ich bin also leibeigen. Mein Bewusstsein ist die Eigenschaft des mütterlichen Leibes. Aber diese Mutter gehört zum auserwählten Volk Gottes. Hier liegt der Unterschied zu den Deutschen. Die Deutschen sind nicht das auserwählte Volk Gottes. Sie sind Götter. Oder sie sind nichts. Dieses Nichts hat Hitler auf die Spitze getrieben, indem er jüdischer sein wollte als die Juden. Woran erkennen die Nazis einen Deutschen? Er hat eine deutsche Mutter. Und einen deutschen Vater. Woran erkenne ich, dass meine Eltern deutsch sind? Sie haben wiederum deutsche Eltern. Und so fort bis ins Unendliche, das Adam und Eva heißt. Diese Definition hat keine Eigenschaft. Man verliert sich in der Zeitlichkeit der Generationen. Die Blutsverwandtschaft hat in der deutschen Kultur nichts zu suchen. Fichte sagt in den «Reden an die deutsche Nation»: «Deutsch bist du, wenn du dich selbst hervorbringst, ganz egal, wo dein Körper geboren ist.» Die Theorie der Blutsverwandtschaft ist die Zerstörung der deutschen Kultur. Blutsverwandtschaft ist Leibeigenschaft. Goethe hat diesen Irrtum in die Welt gesetzt, als er den Titel «Faustus» zum Privatnamen eines «Knechtes» machte. Goethes Hass gegen Faustus Minor und die deutsche Kultur machte in Hitler seinen Salto Mortale. Als Zeugen für diese Behauptung zitiere ich den «Doktor Faustus» von Thomas Mann, veröffentlicht nach dem militärischen Zusammenbruch des Dritten Reiches. Was ich Thomas Mann vorwerfe, ist sein Schweigen über Lessing und den wirklichen Faustus Minor.

### Goethes Widerruf durch Thomas Mann

Thomas Mann schrieb seinen «Doktor Faustus» im amerikanischen Exil. Als Gegner des Dritten Reiches musste er auswandern. Sein Roman spielt in der Zeit seiner Niederschrift. Faustus ist also unser Zeitgenosse. Er ist Musiker, aber er ist nicht fähig, eine neue Kunst zu erzeugen. Mann nennt ihn: «steril», also unfruchtbar. Er bedarf der Droge, der Hexenküche und des Teufelspaktes. Was hier als «Sterilität» vorgeworfen wird, habe ich soeben als «Hohlspiegel» beschrieben. Thomas Mann wirft den in Deutschland Verbliebenen vor, dass sie fremde Kulturen nachäffen. Nicht nur die jüdische Vererbungslehre wird den Deutschen aufgedrängt, auch die Rechtsform des Römischen Reiches wird kopiert, ganz abgesehen vom italienischen «Duce», der als deutscher «Führer» ebenso nachgeahmt wie in den Salto Mortale übertrieben wird. Solche Nachäffungen nennt Thomas Mann den «Teufelspakt». Aber diesen Pakt habe bereits die Weimarer Klassik gemacht, die den antiken Klassizismus nachäfft. Bereits Goethes «Faust» sei steril. Dessen «Rettung» sei blanker Hohn. Thomas Mann nimmt Goethe zurück. Die Rettung wird gestrichen. Zwischen der Weimarer Klassik und dem Dritten Reich sieht Mann eine konsequente Entwicklung. Und jetzt macht er sich auf die Suche nach dem «echten» Faust. Er findet das Volksbuch des 16. Jahrhunderts. In dessen alte Sprache gräbt er sich ein. Aus dem Volksbuch wird seitenlang zitiert. Und das Ende des Volksbuches ist zugleich das Ende des Romans. Der Text heißt: «Doktor Fausti Weheklag». Denn auch dieser alte Faust der Protestanten macht den Teufelspakt. Und jetzt kommt Thomas Mann zu dem ungeheuerlichen Urteil: Die gesamte deutsche Kultur seit dem 16. Jahrhundert sei «steril». Darin läge ihr Wesen. Sie sei unfruchtbar.

Mein Lehrer Walter Muschg hat Thomas Mann radikal abgelehnt. Er nannte ihn «Gaukler» und Dilettanten. Denn Thomas Mann hat gar nicht bemerkt, dass bereits das Volksbuch eine Hetzschrift gegen den wirklichen Faustus war. Der Teufelspakt soll beweisen, dass Faust von Magie gar nichts verstand. Und darauf sei Thomas Mann hereingefallen. Er sei also dem Goethe – trotz seiner Widerlegung – auf den Leim gegangen. Goethe hingegen habe gewusst, wer Faustus ist, und was Magie bedeutet. Er habe dieses Wissen für sich selber angewendet und dadurch jene gespenstische Goethe-Verehrung erzeugt. Den Deutschen habe er aber das Wissen absichtlich vorenthalten. Aus dem deutschen Faustus habe er bewusst jenes schäbige Zerrbild gemacht. Aber er habe es wenigstens gewusst und sei deshalb zu achten, wenn auch als Gegner. Thomas Mann hingegen sei zu verachten, weil er von dem ganzen Betrug keine Ahnung habe. Sein Urteil über die «Sterilität der Deutschen» sei eine ahnungslose Unterwerfung unter das Goethesche Diktat. Soweit Walter Muschg. Und jetzt wird es heiter. Thomas Mann hat Walter Muschg bestätigt. Während der Niederschrift des Romans sah er erstmals die Bilder der zerbombten deutschen Städte. Dieser Anblick hat ihm buchstäblich das Herz gebrochen. Er sagte: «Ich gehöre dazu. Auch ich habe den Teufelspakt gemacht. Für meine Kunst brauchte auch ich die Droge, die Schminke, die Hexenküche. Auch ich bin steril.» Bei diesen Sätzen aus der «Entstehung des Doktor Faustus» habe ich mich dreifach gewundert. Erstens bestätigt Thomas Mann das vernichtende Urteil von Walter Muschg. Zweitens wundert es mich, dass der S. Fischer Verlag heute noch die Werke von Thomas Mann herausgibt und gar nicht ernst nimmt, dass dieser Autor die gesamte deutsche Kultur einschließlich Goethes und seiner selbst als «steril» verurteilt. Hätte man dieses Urteil beachtet, man würde den Autor nicht dadurch quälen, dass man ihn weiterhin bloßstellt, indem man ihn druckt. Aber es gibt ein drittes Wunder. Hier widerspreche ich meinem Lehrer Walter Muschg. Indem Thomas Mann das Wort «Ich bin selbst» mit der «Sterilität» verbunden hat, enthüllt er ein neues

Gesicht des «Bösen», das in unserem Jahrhundert zum ersten Mal sichtbar wird. Das Böse ist steril. Es ist unfruchtbar. Nicht der Leib des Menschen ist unfruchtbar. Sondern sein Bewusstsein. Das Böse ist also nicht mehr der Teufel mit Hörnern und Schwefelgeruch. Sondern als böse gilt jetzt der Mensch, dessen Bewusstsein sich nicht selbst befruchten kann, weil es als Eigenschaft des Leibes gilt. Diese Enthüllung ist neu. In dieser Selbst-Enthüllung des Bösen erkenne ich die Wirksamkeit des wirklichen, des echten, des Manichäers Faustus. Und dafür bewundere ich Thomas Mann, obwohl dieser Schriftsteller keine Ahnung davon hatte, wen er hier durch sich selber sprechen ließ. Und deshalb, weil ich diesen Satz bewundere («Ich bin selbst steril»), trennte ich mich vom Urteil Walter Muschgs und stellte an meinen verstorbenen Lehrer folgende Frage. Der Verstorbene hat die Frage beantwortet. Man findet sie also nicht in seinen Schriften. Die Antwort ist verblüffend einfach. Die Frage lautet: Wenn es stimmt, was Muschg behauptet; wenn Thomas Mann also ein ahnungsloser Schwätzer war, der von Magie keine Ahnung hat, im Gegensatz zu Goethe, der alles wusste, was die Magie der Manichäer betrifft, obwohl er das Gegenteil gepredigt hat, indem er seinen Heinrich Faust als «Knecht» verhöhnte und dadurch die deutsche Kultur zerstörte – wenn das alles zuträfe, dann müsste es den echten Faustus doch geben. Sonst könnte Goethe ihn nicht zerstören. Aber wo ist er? Denn wenn es ihn gibt – warum hat er sich dann nicht gewehrt? Warum hat er zweihundert Jahre lang geschwiegen? Warum hat niemand sich gegen Goethes Zerrbild empört? Warum ließ Faustus sich derart verstümmeln, dass nicht einmal ein Thomas Mann in der Lage war, ihn zu entdecken, obwohl Mann doch bis ins 16. Jahrhundert zurückgegangen ist? Wo ist Faustus seit Goethes «Faust I» bis heute wirklich? Diese Frage stellte ich dem verstorbenen Walter Muschg. Seine verblüffend einfache Antwort enthüllt mir nachträglich die Meisterschaft, mit welcher Goethe uns alle aufs Glatteis geführt hat.

### Die Lösung der Manichäer

Wer kennt ihn nicht, den Satz am Ende des Goetheschen Faust: «Wer immer strebend sich bemüht, den können wir erlösen.» Welcher Christ geht hier nicht auf die Knie und betet an! Und auch der Atheist – steigen ihm nicht die Tränen in die Augen vor lauter Rührung? Wer wird sich nicht bemühen wollen? Wer möchte nicht erlöst sein? Merkt ihr jetzt, was hier gespielt wird? Denn das «wir» ist die Mehrzahl der Majestät (pluralis majestatis). So nennt sich der Heilige Vater in Rom. So nannten sich die Cäsaren und Kaiser: «Wir, Kaiser von Gottes Gnaden». Und die doofen, kleinen Deutschen sollen gefälligst strebend sich bemühen! Wozu denn? Und in welche Richtung? Das sagt uns das «wir» der Majestät. Sie heißt jetzt nicht mehr Kaiser oder Papst. Sie heißt jetzt: Führer-Hauptquartier. Sie heißt jetzt: Zentral-Komitee der Partei. Sie heißt jetzt: Banken-Konsortium der USA! Und wir Deutschen haben zu streben und zu gehorchen. Das ist Goethes Botschaft. Warst du mal Schüler? Oder Schülerin? Erinnerst du dich noch daran, was die Schüler am tiefsten verachten? Nicht ihre Lehrer. Sondern den Mitschüler, der ein «Streber» ist. Aber kaum sind wir erwachsen, tun wir das, was wir verachten: Wir streben. Bitte erlöse mich! Diese Streberei ist es aber nicht, in welcher Goethe seine meisterhafte Irreführung zur Vollkommenheit treibt. Sondern die vollkommene Irreführung besteht in der Richtung, in die wir jetzt nicht mehr blicken. Es ist die Richtung der wahren deutschen Kultur. Dafür sind wir erblindet. Deutsch ist «deus», ist «theos», ist «Thot». Die Germanen sind Manen oder Manis. Was macht der Manichäer Faustus?

Er macht genau das Gegenteil von dem, was Goethe uns predigt. Er will gar nicht erlöst werden. Er kann gar nicht. Von wem denn? Sondern er selbst ist der Erlöser. Wen oder was erlöst er? Das Böse. Wie erlöst er das Böse? Indem er sich damit vereinigt. Er vereinigt sich mit dem Bösen, indem er sich verschlingen und verdauen lässt. Als Verschlungener und Verdauter dringt er in die Magensäfte und Blutbahnen des Bösen ein. Bis er im Nervensystem des Bösen denkt. Sich selbst. Und das Böse? Gesättigt von Faustus, bemerkt es viel zu spät, dass es mit Faustus schwanger geht. Und es platzt. Und es enthüllt sich von innen her und veröffentlicht sich selbst.

Das war die Antwort meines verstorbenen Lehrers Walter Muschg. Denn etwas muss uns doch auffallen. Auch im 16. Jahrhundert wurde Faustus bekämpft und ermordet. Aber nach dem Tod seines Leibes hat er nicht aufgehört zu wirken. Er sprach durch andere. Noch im 16. Jahrhundert sprach er aus Kopernikus und Giordano Bruno. Im 17. Jahrhundert sprach er aus Descartes und Spinoza. Im 18. Jahrhundert sprach er aus Lessing, Kant, Fichte und den beiden Novalis. «Atlantis» wurde veröffentlicht. In diesem Augenblick schlug Goethe zu. «Faust I» wird aufgeführt, der leibeigene Knecht. Und ausgerechnet jetzt schweigt der wirkliche Faust? Aus keinem Menschen erhebt er seine Stimme? Er schweigt und lässt es zu, dass nicht einmal ein Thomas Mann ihn finden kann? Warum? Weil er sich mit seinem absoluten Gegensatz vereinigt. Das ist die Technik der Manichäer. Erst Goethe hat diesen Gegensatz erzeugt. Noch Augustinus beschimpft zwar den Manichäer-Bischof Faustus. Aber denn doch als Bischof! Noch das Volksbuch unterstellte dem Faustus den Teufelspakt. Aber doch noch mit Respekt und Angst und Gänsehaut! Aber Goethe? Faustus ist kein Amt mehr, sondern der zufällige Eigenname eines Knechtes, dessen Bewusstsein nur noch die Eigenschaft seines Leibes ist. Schon bei der ersten Beschwörung des Erdgeistes wird er bezeichnet als «hingekrümmter Wurm». Nennt er sich nicht selber so? Ein Wurm! Kein Autor der Weltliteratur hat den Faustus derart in den Dreck gezogen. Das ist das bewusste, gezielte Gegenteil der Wahrheit. Aber der Manichäer kümmert sich nicht um Wahrheit. Er ist der Schöpfer des freyen Willens, er kümmert sich um das Gute, indem er es tut. Er gibt sich dem absolut Bösen hin. Was ist das absolut Böse? «Absolut» heißt: losgelöst. Das Böse ist losgelöst vom Guten. Es hat keinen Maßstab mehr. Es verliert das Wissen um sich selbst. Es verrottet zu dem, was Hannah Arendt «die Banalität des Bösen» nannte, angesichts von Adolf Eichmann beim Prozess in Jerusalem. Ich komme gleich darauf zurück. Der «hingekrümmte Wurm, der strebend sich bemüht» – das ist Goethes Bild vom Deutschen. In dieses radikale Gegenbild lässt der Manichäer Faustus sich ein. Er lässt sich vom Wurm fressen und verdauen. Als Verdauter dringt er in die Blutbahnen des Goetheschen Wurmes. Falsch. Goethes Faust hat kein Blut im Leib. Sondern Tinte. In die Tintenbahnen also löst Faustus sich auf. Und dringt ins Nervensystem. Und Goethes Faust wird schwanger vom wirklichen Faustus. Und platzt. Und das absolut Böse enthüllt sich selbst. Es spricht sich selber aus, in unserem Jahrhundert, wie es noch nie gesprochen hat. Es offenbart sich als «Sterilität» durch Thomas Mann und als «Banalität» durch Hannah Arendt. Die Zerstörung der deutschen Kultur durch Goethe ist damit beendet. Die Zerstörung hat sich selbst zerstört. Darin erkenne ich die Wirksamkeit des wirklichen Faustus während der letzten zweihundert Jahre.

*Die Banalität des Bösen*
*und das Abenteuer des Guten*

Hannah Arendt wurde in Deutschland geboren und studierte bei Heidegger und Jaspers. Da sie als Jüdin geboren war, musste sie das Land verlassen, sonst hätte man sie umgebracht. Sie wurde Bürgerin der USA. Beim Prozess gegen Eichmann war sie Berichterstatterin. Was hatte sie erwartet? Sie selbst und damals alle Welt? Das absolut Böse in religiöser Form. Eichmann war Massenmörder, und man wollte den «bösen Deutschen» vor Gericht. Jenen Goetheschen Faust also, der als alter Mann noch Philemon und Baucis verbrennen lässt. Man erwartete von Eichmann den deutschen Fu-Man-Schu! Das Monstrum mit Hörnern und Vampirzähnen, mit Schwefelgestank und Pferdefuß. Was fand Frau Arendt? Den lieben Kleinbürger. Den Familienvater. Mit Anspruch auf Rente. Den Beamten, der nur Befehle ausgeführt hat. Den ganz normalen Zeitgenossen also. Diese Entdeckung war ungeheuerlich. Sie ist es heute noch. Frau Arendt hatte den Mut, die Wahrheit auszusprechen. Sie nannte es «die Banalität des Bösen». Dieses Wort hat Wut ausgelöst, auch bei den Juden. Denn diese Banalität trifft uns alle. Das banal Böse weiß gar nichts mehr vom Guten. Es ist normal. Du wirst geboren und stirbst. Dein Bewusstsein ist eine Eigenschaft des Leibes. Die Ursachen deines Bewusstseins sind Vererbung und Umwelt. Deine Handlungen sind die Wirkung von Befehlen. Es sind die Befehle deiner Hormone oder deiner Vorgesetzten. Du bist nicht schuldig, weil du zur Schuld gar nicht fähig bist. Kein Gedanke ist von dir selbst gedacht. Du wiederholst nur, was dir gesagt wird. Keine Handlung ist aus sich selbst gewollt. Du tust nur, was andere wollen. Dieses Bild vom leibeigenen Menschen ist die Grundlage der Wissenschaften. Die Medizin setzt es voraus wie die Psychologie. Die Soziologie kennt nichts anderes. Die Wissenschaften sind nicht wertfrei, wie sie behaupten. Sie haben sich dem Wert des absolut Bösen unterworfen. Die Wissenschaftler und Spezialisten sind die Banalität des Bösen. Aber die Enthüllung geht weiter. Auch die Leser dieses Textes sind banal böse. Vor allem jene, die sich über meinen Text ärgern. Warum? Weil sie lügen. Sie behaupten, sie ärgern sich. Aber wenn sie täten, was sie sprechen, dann würden sie sich selber ärgern. Einfach so. Oder freuen. Sie wären an ihrem eigenen Ärger schuld. Sie wären fähig zur Schuld. Aber ebendies bestreiten sie. Sie haben nur Befehle ausgeführt. Sie ärgern sich über den Text. Der Text ist also schuldig. Er ist die Ursache, und der Ärger ist nur die Wirkung. Wer sich über meinen Text ärgert, gibt mir die Vollmacht über Emotionen. Er unterwirft sich mir. Er wird zum Knecht. Und weil das ja ganz normal ist, wie der Leser glaubt, so hat er am eigenen Verhalten das beste Beispiel für das absolut Böse, das Hannah Arendt als das «banale Böse» enthüllt. Aber auch das Gute hat sie enthüllt. Ich habe es mit den Augen meines Leibes gesehen. Im Jahre 1960 studierte ich in Freiburg im Breisgau. Hannah Arendt kam aus den USA und hielt einen Gastvortrag. Das Gerücht ging um, Martin Heidegger würde teilnehmen. Heidegger war damals noch tabu. Seit seinem Rektorat 1933 – in NS-Uniform – und seit der Diskriminierung seines Lehrers Edmund Husserl, der Jude war, und seit der Vertreibung seiner Meisterschülerin Hannah Arendt, die Jüdin war – seither war Heidegger philosophisch erledigt. Wir Studenten von 1960 erwarteten, dass Frau Arendt ihn absichtlich übersehen würde. Schließlich war er der politische Gegner, und kein Mensch hätte es ihr übel genommen, wenn sie ihn ignoriert hätte. Aber was geschah? Frau Arendt betritt den Hörsaal und geht zum Rednerpult. Sie betrachtet die Anwesenden. Ihr Blick fällt auf Martin Heidegger, der in der ersten

Reihe sitzt. Sie verlässt das Rednerpult. Sie geht auf Heidegger zu. Heidegger steht auf. Sie gibt ihm die Hand. Er nimmt ihre Hand in die seine. Dann geht sie zum Pult zurück. Heidegger setzt sich. Der Vortrag beginnt. In diesem Augenblick erfuhr ich, was deutsche Kultur ist. Ich erfuhr es von einem Menschen, dessen Leib zwar in Deutschland geboren wurde, aber als jüdischer Leib. Also musste dieser Mensch das Land verlassen und kam als Ausländer nach Deutschland zurück. Diese Ausländerin machte – vor meinen Augen – deutsche Kultur. Sie hörte nicht auf ihren Leib. Sie gehorchte nicht den Ursachen von Vererbung und Umwelt. Ihr jüdischer Leib und dessen Misshandlung hätten ihr das Recht gegeben, Heidegger zu verachten. Aber davon machte sie sich frei. Zuerst stand sie im Mittelpunkt. Diesen Mittelpunkt verwandelte sie in einen Umkreis. Die Mitte war jetzt leer oder frei. In diese freye Mitte stellte sie Martin Heidegger, indem sie ihm die Hand gab. Heidegger wurde von seiner Leib-Eigenschaft und Vorgeschichte frey gesprochen. Durch Frau Arendt haben wir diesen Menschen neu gesehen. Der Handschlag war ein Geschenk ohne Bedingung. Dieses Verhalten nenne ich schöpferisch, weil es etwas Neues schafft, das unabhängig ist von den Eigenschaften der Leiber. Das ist die Handlungsweise der Manichäer, der Germanis und Manis. Das ist die Offenbarung des echten Faustus Minor in Deutschland. Eine Frau aus dem Ausland brachte die deutsche Kultur nach Deutschland zurück. Nicht als Theorie. Nicht als Predigt. Sondern als Handlung. Stumm. Ahnt der Leser jetzt, was ich meine, wenn ich sage, das Bewusstsein der Götter befruchte und empfange sich selbst, unabhängig vom Leib? Also sei es doppel-geschlechtlich, männlich und weiblich in einer Person? Hat der Leser sich etwa vorgestellt, ich spräche von einem doppel-geschlechtlichen Körper? Von Sexualorganen? Diesen Blödsinn überlasse ich den Griechen mit ihren gipsernen Hermaphroditen im Museum. Nein. Gerade der Körper ist nicht gemeint. Sondern das Bewusstsein. Im Bewusstsein erzeuge ich mich selbst, wenn ich einen Gedanken denke, der sich selber denkt. Wenn ich eine Handlung entwerfe, die sich selber will. Ohne jede Vererbung. Ohne äußeres Vorbild. Und ich empfange mich selbst, wenn ich diese Handlung nicht nur einmal mache, sondern dauernd, wie eine lange Schwangerschaft. Dann gebäre ich mich selbst. Aber dieses «Selbst» ist eben nicht die Wiederholung meiner Person. Nur die irdische Vererbung wiederholt den Vater im Sohn. Die Götter machen das Gegenteil. Wenn sie sich selbst gebären, dann bezeichnet das Wort «selbst» die freie Mitte. Die Götter sind Umkreise und Atmosphären. In die freie Mitte tritt das ganz Andere, das ich das «Fremde» nannte. Das Fremde darf sich selbst enthüllen, es darf sein eigenes Leben offenbaren, ohne Bedingung. Ich füge jetzt hinzu: Nicht nur das Andere, nicht nur das Fremde, sondern sogar das Gegenteil darf sich offenbaren. Denn Heidegger, den Frau Arendt in die freie Mitte stellt, war – leiblich und geschichtlich gesehen – ihr eigener Gegner. Damit habe ich die Wörter definiert: Deutsch – deus – Theos – Thot. Das ist die Kultur der Selbst-Erzeugung. Der Fachausdruck dafür ist «ewig». Die deutsche Kultur ist ewig. Oder sie ist nicht. Die Jüdin Hannah Arendt hat sie mir vorgeführt. Damals war ich neunzehn Jahre alt. Dreißig Jahre später erfuhr ich dasselbe in gesteigerter Weise durch Julius Posener in Potsdam.

### Der deutsche Faustus in Potsdam

Julius Posener wurde in Deutschland geboren, aber weil seine Mutter Jüdin war, musste er Berlin verlassen. Das Dritte Reich und die Nachkriegszeit überlebte er im Exil und kam mit englischem Pass nach Berlin zurück. Seit 1961 lehrte er «Geschichte der Architektur» an der «Hochschule der Künste». Nach der Wende hielt er 1990 in Potsdam seinen Vortrag zum «Deutschen Umbruch», den Gunnar Porikys anregte (wie auch diesen Text hier) und anschließend in seiner «Edition Babelturm» veröffentlicht hat. In diesem Vortrag fiel ein unerhörter Satz. Ich fand den Satz auch in Poseners Autobiographie und in seinen Lesungen, die ich in der «Bücherei für Geisteswissenschaft und soziale Frage» genoss. Der Satz lautet in meinem Gehör wie folgt: «Wäre ich nicht Jude gewesen – der Lichtdom von Speer hätte mich begeistert.» Albert Speer war der erste Architekt des Dritten Reiches. Er war Mitglied einer Partei, die Julius Posener ermordet hätte, wäre er in Deutschland geblieben. Bei den Olympischen Spielen in Berlin 1936 erfand Speer den «Lichtdom». Tausende von Scheinwerfern umgaben das Stadion und wurden nachts in den Himmel gerichtet. Ihre Strahlen ergaben einen Dom aus Licht. Julius Posener hätte das Recht dazu, und kein Zuhörer hätte es ihm übel genommen: Speer zu verurteilen. Denn Speer war der Gegner, nicht nur politisch, sondern lebensgeschichtlich. Wäre Posener ein Vertreter der Banalität des Bösen, dann hätte er sich auf den Standpunkt seines Leibes gestellt. Er sagt aber: «Ich gestehe, dass es mir leid tut, Speers Lichtdom nicht gesehen zu haben. Er war, meine ich, seine größte Leistung.» Das «Ich» dieses Satzes öffnet die Möglichkeit, dass der Sprecher unabhängig wird von seinem Leib und ein Urteil der Begeisterung ausspricht: die Begeisterung über den Gegner. In diesem Satz steht Posener nicht auf dem Standpunkt seiner leiblichen Lebensgeschichte. Sondern er nimmt seine jüdische Herkunft und wirft sie in den Umkreis. Die Mitte, wo der Standpunkt wäre, ist jetzt leer und frey. In der freyen Mitte darf der Gegner sich offenbaren. Speer darf seinen Lichtdom nochmals vor den Augen der Zuhörer aufleuchten lassen. Das ist deutsche Kultur, wiederum nach Deutschland gebracht durch einen «Ausländer». Posener war ein Selbsterzeuger seines Bewusstseins. Er war ein Selbst-Gebärer. Aber das Selbst, das er gebar, war nicht sein eigenes. Er wiederholte nicht sich selbst. Sondern das Selbst ist das Selbst des ganz Anderen, der jetzt in der Mitte sein darf. Er darf in das Sein eintreten. Das ist die schöpferische Handlung des Germanichäers. Das ist das Gegenteil zu der «Sterilität», die Thomas Mann beklagt hat. Das ist das Gegenteil zur Banalität des Bösen, die sich immer nur selber wiederholt. Sondern das ist: göttlich, also deus, also deutsch. Darin habe ich die Rückkehr des deutschen Faustus aus Goethes «Wurm» erkannt. Ohne die Handlungen von Hannah Arendt und Julius Posener hätte ich nie erfahren, was deutsche Kultur ist. Und ich betrachte es nicht als Zufall, dass der Satz über den Lichtdom in Potsdam gesagt wurde. Die meisten Leser glauben, Potsdam sei ein Museum. Potsdam konserviere die Geschichte Preußens. Potsdam sei also nur historisch zu würdigen. Diese Leser machen Potsdam zu einem «Potz! Damals!» Ich habe auch so gedacht. Bis Julius Posener 1990 über den «Deutschen Umbruch» sprach. Seither höre ich den Namen «Potsdam» auf neue Weise. Deshalb erscheint mein Text zuerst in einer Potsdamer Zeitschrift. Hörst du den neuen Namen auch schon? Potsdam? Potsdama? Potsdaman? Potsdamani? Potsdamanichäer.

## Ein Wort zu Stephen Mace

Wenn es Stephen Mace nicht gäbe – ich müsste ihn erfinden.

Er gleicht einer Brücke. Die Brücke ruht auf zwei Brückenpfeilern. Aber die Brückenpfeiler hat niemand erkannt. Solange die Brücke fehlte, sahen die Pfeiler wie Säulen aus, die sinnlos in der Landschaft stehen.

Die erste Säule ist die europäische Aufklärung. Die zweite Säule ist die Magie. Die Aufklärung gilt als politisch fortschrittlich, die Magie als rückschrittlich. Ein Beispiel für den Rückschritt der Magie ist jener König von Preußen, der gegen den Aufklärer Immanuel Kant das berühmte Schreibverbot erließ. Dieser König, dessen Namen ich absichtlich vergesse, war Rosenkreuzer. Seither gelten die Rosenkreuzer als politische Dunkelmänner: «Ökofaschisten» heißen sie bei Jutta Ditfurth, die für die derzeitige linke Aufklärung das beste Beispiel ist. Sogar die denkbar unschuldigen Anthroposophen werden von Jutta eingeklagt, nur weil sie sich mit «Elementarwesen» oder «Schutzgeistern» befassen – nur theoretisch zumeist. Weil aber die genannten Worte zugleich zum Handwerkszeug der magischen Praxis gehören, wirft Jutta den unschuldigen Anthroposophen vor, dass sie Aberglauben und Volksverdummung verbreiten – ein Vorwurf, der ursprünglich die Magier treffen sollte, von denen Jutta aber nichts Genaues weiß, weil die Magier nicht in den Medien auftreten und weil die echte Überlieferung nur mündlich und praktisch weitergegeben wird. «Hermetisch» nennt man dieses Schweigen der Magier. Es ist der Gegensatz zur Öffentlichkeit der kritischen Aufklärung. Ich verstehe Jutta Ditfurth und begrüße ihre Arbeit. Ebenso verstehe und begrüße ich die Magie.

Ich anerkenne beide Säulen der abendländischen Kultur. Als ich jung war, habe ich die gegenseitige Ablehnung sogar genossen. Als ich älter wurde, bemerkte ich, dass die Ablehnung eine Schwäche ist, eine Art Schwindsucht, die beide Säulen zerstört. Noch älter geworden, dämmerte es mir, dass die Säulen keine Säulen sind, sondern Pfeiler ohne Querverbindung. Ich ahnte die Möglichkeit einer Brücke. Meinen ersten Entwurf findet man in den «Ordensregeln der Neuzeit». Dann las ich die Texte von Stephen Mace. Und ich entdeckte einen zweiten Brückenschlag, diesmal aus der Gegenrichtung. Deshalb sagte ich am Anfang: Wenn es Stephen Mace nicht gäbe – ich müsste ihn erfinden. Von Stephen habe ich nämlich gelernt, dass jeder der beiden Brückenpfeiler sich selbst zerstört, wenn er den anderen nicht als Ergänzung und Befruchtung anerkennt.

Die Magie muss verfinstern, wenn sie von kritischer Analyse nicht durchstrahlt wird. Analyse war ursprünglich ein Vorgang der Al-Chemie und gehört in die Sphäre der Intelligenz, die dem Mercurius eigen ist. Sobald das Licht der Intelligenz erlischt, verfinstert sich die Magie zur Nachahmung der Überlieferung. An die Stelle der Selbstgeburt tritt die Angst. Angst ist das Ende der Magie. Umgekehrt muss die kritische Intelligenz der Linken verdorren und zu Stroh werden, wenn sie durch Magie nicht befruchtet wird. Magie ist Arbeit mit dem Willen. Wille ist Mut. Die Mutlosigkeit der Aufklärung, ihre Willensschwäche ist inzwischen bekannt. Politische Taten kommen immer von rechts. Die Wucht der Jahrtausende steht hinter ihnen, die Wucht der Gedankenlosigkeit. Man muss sich allerdings darüber klar sein, dass die Rechte vor allem in den alten Institutionen wirkt, die als «Handlungen» nicht erkannt werden, solange man nicht sieht, dass die Institutionen solche Taten sind, die Taten verhindern sollen. Welche Wucht in der Verhinderung neuer Handlungen!

Was ich soeben machte, ist typisch links und willensschwach: die Aufklärung analysiert. Die Rechte handelt und stinkt vor Gedankenlosigkeit. Die Linke gleicht den Ameisen, die das Aas zerfressen. Bald ist das Gerippe sichtbar, die Knochen werden säuberlich geordnet. Die Linke hat immer Recht. Aber sie kommt immer zu spät. Ich gebe ein Beispiel. Die Aufklärung hat bis zum heutigen Tag keine neue Institution oder Verfassung erfunden. Immer noch hängen wir melancholisch an den antiken Vorbildern von «Demo-Kratie» oder «Res publica». Ebenso hängt die Rechte am Cäsarismus. Aber eben in der Nicht-Erfindung hat die Rechte ihre Kraft. Die Linke dagegen lebt nur durch bewusste Erneuerung. Jeder Stillstand ist Blindheit. So wurden wir blind für die Tatsache, dass Demokratie der Antike nur für sechs Prozent der Bevölkerung galt, nämlich für die ökonomisch «Freien» – während Frauen, Kinder, Arbeiter wie Gegenstände gehandelt wurden. 94 Prozent der Bevölkerung waren «Dinge». Die Demokratie ist strukturelle Sklaverei. Sie wurde von der Linken kaum erkannt, geschweige denn abgeschafft. Das kommt davon, wenn man Magie ablehnt. Man wird unfruchtbar. Man bringt keine neuen Institutionen hervor. Die Handlung überlässt man dem Gegner.

Um diese Schwäche zu überwinden, müsste man eine Brücke erfinden, die beide Pfeiler verbindet. Ich werde den Brückenbauer jetzt erfinden. Ich nehme einen Jüngling der 68er Generation. Und weil die USA so weit entfernt sind, lasse ich ihn dort aufwachsen. Ich setze ihn in die linke

Bewegung und schenke ihm eine umfassende Allgemein-bildung einschließlich Naturwissenschaften. Seine Intelligenz soll kritisch sein, also auch immer selbstkritisch. Aber nicht melancholisch. Sondern er hat Spaß daran. Und vor allem: Er öffnet gerne, was er denkt. Er veröffentlicht. Er ist also das Gegenteil eines verschlossenen Magiers. Mein Jüngling könnte auch glänzender Journalist werden: Information für alle. Das ist die eine Seite.

Die andere Seite füge ich hinzu, indem ich einen alten Magier auftreten lasse, der dem Jüngling einen praktischen Tipp gibt. Der Jüngling macht seinen ersten Selbstversuch und staunt. Er blickt in eine Welt, von der er nichts wusste. Die Gegenwelt der Magie. Und jetzt richtet der Jüngling seine kritische Intelligenz auf die bisher dunklen Praktiken der Magier. Er entdeckt die tollsten Zusammenhänge und wendet sie praktisch auf sich selbst und seine gesellschaftliche Umwelt an: Er veröffentlicht das bisher Dunkle. Denn jeder Mensch soll für das Können begabt werden, jeder soll lernen dürfen. Dies ist das Prinzip der Aufklärung, angewandt auf Magie.

Den Jüngling müsste ich erfinden, wenn es ihn nicht schon lange gäbe. Er heißt Stephen Mace. Man lese seinen Essay über Oswald Spengler. Welch eine Entdeckung! In Europa gilt Spengler als ein Riese der konservativen Rechten. Kein Linker wird ihn lesen, geschweige denn zitieren. Stephen Mace dagegen, mit der Unbefangenheit des Amerikaners, liest Spengler gegen den Strich. Zuerst zerlegt er den «Untergang des Abendlandes» bis zum Skelett. Das würde jeder Aufklärer tun. Dann bricht Stephen das Skelett entzwei und enthüllt das Knochenmark. Spengler sah «Räume» verschiedenster Art, und jede der großen Kulturen lebt in einer dieser Raum-Visionen. Stephen nimmt die Theorie der «Räume», bricht sie aus dem historischen Kontinuum heraus, entfernt alles Dunkle und Schwermütige und wendet das Gelernte an: auf seine eigene politische Lage in den jetzigen USA. Stephen setzt Spengler fort, indem er den «Raum» der Globalisierung enthüllt. Und endlich schleudert er den Gedanken der «Räume» in die Zukunft. Er entwirft einen virtuellen Raum, in welchem die Arbeit der Magier ihre gesellschaftlich schöpferische Stelle findet. Sie erfindet neue Vernetzungen und «nicht-antike» Institutionen.

Diese Weise des Denkens und Schreibens nenne ich: revolutionären Umgang mit den klassischen Texten. Die analytische Kritik der europäischen Aufklärung durchdringt sich mit der synthetischen Praxis der Magie. Und der dunkle Stil der Magier wird durchsichtig und hell für jeden Leser. Das ist der Brückenschlag.

Aber wozu Brücken? Wozu Pfeiler? Wozu Säulen? Ist da ein Abgrund? – Ja. – Ist da ein Fluss? – Ja. – Hörst du ihn rauschen? – Ja! Sein Rauschen ist dieser Text. Wäre da kein Fluss, wir bräuchten keine Brücke. Der Fluss besteht in der Tatsache, dass die uralte Praxis der «Magie» inzwischen längst umgetauft wurde. Der neue Taufname ist den Aufklärern heilig. Aber die Aufklärung hat nicht bemerkt, dass der neue Name zugleich der Kosename für «Magie» ist. Und die altmodischen Magier haben nicht bemerkt, dass sie schon längst von einer neuen Magie abgelöst wurden: erlöst sozusagen. Der neue Taufname der Magie, der von beiden feindlichen Lagern der abendländischen Kultur als Magie nicht erkannt wurde, lautet: «Arbeit».

Der Begriff der Arbeit wird in der Philosophie der Neuzeit als der Ort entdeckt, an welchem der Mensch sich selbst und seine Umwelt hervorbringt. Der Beginn ist das «cogito ergo sum» des Descartes, wobei das Wort «ergo» (lateinisch) «also» bedeutet, griechisch hingegen «ergon» wie in «en-ergeia» (Energie), also «Arbeit». Zurück ins Latein übertragen, ist ergon: «opus». Das «opus magnum» ist das Ideal der Magier. Die Arbeiterbewegung hat dieses Ideal übernommen. Bereits Hegel sprach von der «Arbeit des Denkens». Sein Schüler Feuerbach sieht «Arbeit» bereits in der Entstehung der Sinnesorgane. Der Leib des Menschen hat sich durch Arbeit selbst gebildet. Marx übertrug den Vorgang der Selbsterzeugung auf die arbeitsteilige Gesellschaft. Niemand hat bemerkt, dass die «Helden der Arbeit» die neuzeitlichen Magier sind. Ersetze in Friedrich Engels' Schrift «Der Anteil der Arbeit an der Menschwerdung des Affen» das Wort «Arbeit» durch «Magie», und du hörst das Strömen des Flusses, von dem ich sprach.

Als ich neulich mit Stephen Mace den Begriff der «Arbeit» erörterte, sagte er: «opus magnum». Der Zusammenhang, den ich erklären wollte, war ihm schon lange klar. Da hatte ich den Eindruck: «Diesen Menschen habe ich erfunden.» Aber ich irre mich: Er hat sich selbst erfunden.

# Hymne an die Anacht

*Vorbemerkung*

Zum 200. Todesjahr von Novalis hat das Landesmuseum Sachsen-Anhalt in Halle eine Ausstellung gezeigt, die nach den Folgen fragt, die der «berühmte Landessohn» für die bildende Kunst des 19. und 20. Jahrhunderts hatte, also von Ph. O. Runge bis J. Beuys und folgende.

Unter den aktuellen Beiträgen befand sich ein Videofilm des 30jährigen Beuys-Schülers Ulf Aminde (Berlin). Der Film wurde an der Saale gedreht, und zwar in einem Schlauchboot, das zwischen den Ufern pendelte. Auf dem rechten Ufer agierte die Schauspielerin Ana Stamm (Stuttgart) und verkörperte die verstorbene Braut des Novalis: Sophie von Kühn.

Auf dem anderen Ufer sprach Wilfrid Jaensch (Berlin) die Totenbeschwörung.

Da der Film für den Zweck der Ausstellung als Endlosschleife geschnitten wurde, konnte der lineare Text nur fragmentarisch eingeblendet werden. Aus einer Tonbandabschrift entnehmen wir den vollständigen Wortlaut der Totenbeschwörung oder «Nekromantik», von welchem uralten Wort der Sprecher behauptet, es sei die wahre Bedeutung der deutschen «Romantik».

\*

Ich begrüße die Landschaft, ich begrüße den Fluss und seine Ufer, ich begrüße das Flussbett der Saale, ich begrüße das Krankenbett und Totenbett am anderen Ufer. Als rituellen Gruß habe ich zwei Steine in der Hand. Ich lege den einen Stein auf die Erde. Ich werfe den anderen Stein in das Wasser, zum Zeichen, dass wir mit freundschaftlichen Gefühlen gekommen sind und die Landschaft um Mithilfe bitten, wenn wir jetzt Friedrich von Hardenberg und Sophie von Kühn, beide genannt Novalis, heute beschwören. Der Fluss heißt die Saale, die Seele, die Schicksaale, Liebhaber des Schicksals sein. Am anderen Ufer ist das Totenbett und das Krankenbett.

Zweihundert Jahre nach dem Tod des gefeierten Dichters feiert die Leitkultur ein Jubiläum. Wir machen etwas anderes. Wir feiern nicht den Dichter, sondern wir feiern zwei Personen, Friedrich von Hardenberg und seine Geliebte, Sophie von Kühn.

Sophie von Kühn starb sehr jung. Friedrich war bei ihrem Tod nicht dabei. Er hatte Angst vor der Krankheit. Er war auch nicht an ihrem Krankenbett. Aber nach dem Tod des Mädchens ergriff ihn eine unglaubliche Sehnsucht, niedergelegt in seinem Tagebuch. Er empfand die Verstorbene als gegenwärtig, als leiblich anwesend. Er spricht sogar von einer Lüsternheit ihr gegenüber, die es doch gar nicht mehr gab. Und so beschloss er, ihr nachzusterben. Dieser Vorgang dauerte ein ganzes Jahr, bis es ihm gelang, sich mit der Verstorbenen so zu vereinigen, dass er mit ihr sprechen konnte. Und erst seit diesem Augenblick nannte er sich Novalis. Das Wort Novalis bezieht sich also auf zwei Personen, nicht auf eine: auf einen Mann, der auf der Erde lebt, und auf eine Verstorbene, die mit ihm in Beziehung tritt; und die Texte, die ihn berühmt gemacht haben, sind von beiden verfasst. Deswegen haben wir heute das Thema nicht eines Verstorbenen, sondern einer Beziehung zwischen zwei Menschen. So wie dieser Fluss die Beziehung zwischen den Ufern ist, so feiern und beschwören wir das Beziehungswesen zwischen Friedrich und Sophie, der Verstorbenen.

Dieser Vorgang, der berühmt geworden ist, gilt als Ursprung der deutschen Romantik; und die deutsche Romantik wiederum gilt als Quelle und Ursprung von Forschungsrichtungen des 19. und 20. Jahrhunderts. Eines davon ist die Forschungsrichtung des sogenannten Unbewussten, das heißt der Nachtseite der Welt, bis hin zur Tiefenpsychologie und Psychoanalyse. Und die zweite Forschungsrichtung: die technische Revolution, die in den naturwissenschaftlichen Werken von Novalis unter anderem auch Anstöße bekommen hat, bis zur Tatsache, dass wir heute abend die technischen Medien von Film und Kamera benützen, durchaus im Zusammenhang mit dem, was die deutsche Romantik geleistet hat, denn die Kamera ist die Camera obscura, die Dunkelkammer, die Totenkammer, die Leichenkammer, aus der wir heute abend Friedrich von Hardenberg beschwören wollen; wie auch die Leinwand, die wir benützen, um die Bilder zu projizieren, nichts anderes ist als das Leinenhemd, das Totenhemd, das Hemd aus Leinwand, das in die Fläche geschlagen wird, damit die Verstorbene aus der Fläche der Leinwand hervortrete, um Friedrich von Hardenberg heute abend zu begegnen. Diese Mittel der technischen Revolution, die hier verwendet werden, sind durchaus im Zusammenhang mit der Forschung zu sehen, die im 19. Jahrhundert begann, angeregt auch durch die Werke der beiden Novalis.

Nun hat die Totenbeschwörung einen weiteren Zusammenhang in der Weltgeschichte, den man unter dem Namen Magie kennt. Magie war früher die Beschwörung von Verstorbenen, daher das Wort Nekromantik, das heißt die Berufung der Toten, was dann zu einem Schimpfwort geworden ist im Sinne von Negromantik oder Schwarzkunst.

Ich werde heute abend versuchen, nachdem ich die Landschaft begrüßt habe, Friedrich von Hardenberg, der 1801 verstorben ist, als Verstorbenen zu beschwören, also Magie zu machen, und ihn zusammenzuführen mit der ebenfalls verstorbenen Sophie von Kühn. Zu diesem Zweck muss ich kurz erläutern, wie das Bewusstsein der Verstorbenen arbeitet, anders als unser Bewusstsein.

Wir, die wir auf der Erde leben, haben eine Leidenschaft, die tiefer ist als alle übrigen. Das ist die Leidenschaft zum eigenen Leib: die Verkörperung hier und jetzt im Gegensatz zu dort. Und so entsteht die Welt der Gegenstände, des Gegenübers, das wir wegschieben, so dass wir uns frei bewegen können. Die Verstorbenen haben die gegenteilige Leidenschaft. Sie haben keinen Ort mehr, an den sie fixiert sind, sie haben keinen Körper mehr, sondern sie haben die Leidenschaft der Selbstlosigkeit oder Ausdehnung, das, was wir Irdischen nennen: den guten Willen, wo also einer sich zur Verfügung stellt, damit ein anderer davon leben kann. Diese für die Irdischen sehr schwere Aufgabe ist für die Verstorbenen sozusagen die höchste Lust. Erstens müssen sie ihr Bewusstsein selber erzeugen – sie haben ja keinen Ort mehr, an dem sie sein können –, sie müssen ihre Wachheit also selbst hervorbringen – das nennt man Autonomie oder Selbstgesetzgebung –, diese Eigenschaft kommt also von den Verstorbenen. Zweitens aber haben sie die größte Lust daran, das, was sie tun, dann zur Verfügung zu stellen. Deswegen ist jede Farbe, die wir sehen, und jeder Klang, den wir hören, die Gegenwart eines Verstorbenen, der sich selber als Klang oder als Farbe hervorbringt und dann zur Verfügung stellt, damit das Gesehene für uns zum

Gegenstand wird. Aus dieser normalen Sichtwelt des irdischen Menschen möchte ich heute die Verstorbenen befreien und sie bitten, mit mir zusammen die beiden Personen hier über den Fluss hinweg lebendig zu machen, so dass sie sich miteinander vereinigen können.

Denn dies ist das Tragische, was bisher über der deutschen Romantik gelastet hat, dass Friedrich von Hardenberg seine Geliebte nicht besucht hat, als sie krank war, dass er sie nicht besucht hat, als sie starb – er hatte Angst vor dem Tod –, dass er ihr erst nachgestorben ist *nach* ihrem Tod. Andererseits aber die Tragik, dass er sie zu Lebzeiten, als sie noch seine Braut war, nie als Frau erlebt hat. Er hat sich nie körperlich mit ihr vereinigen können. Er klagt darüber, sie sei kalt, zurückhaltend, spröde, witzig aber kühl. Und er jammert darüber, dass die eigentliche Erfüllung seiner erotischen Beziehung nie geschehen ist.

Ich möchte heute abend nicht nur eine Gedenkfeier machen, wie das die Leitkultur macht, sondern ich möchte den beiden Liebenden ein Geschenk machen. Ich möchte ihnen die Gelegenheit geben, hier am Ufer der Saale zusammenzukommen. Und dabei hilft mir meine Kollegin, die Schauspielerin Ana Stamm, die am anderen Ufer steht und sich zur Verfügung stellt dafür, dass Sophie von Kühn heute abend in ihren Leib inkarnieren wird. Beschwörung einer Verstorbenen in den irdischen Leib einer Frau, die sich zur Verfügung stellt, damit sie hier heute abend dem Friedrich von Hardenberg so begegnen kann, wie sie ihm zu Lebzeiten nie begegnen wollte.

Zu diesem Zweck muss ich die ganze Landschaft auflösen, ich muss auch die Sprache auflösen und beginne jetzt mit der Totenbeschwörung.

Zuerst einmal stelle ich fest, dass dieser Fluss hier zwischen zwei Ufern fließt. Auf dem Fluss ist ein Boot, das ist das Boot mit dem Fährmann, das ist der Bote, die Boten oder Angeloi, die Engel, die Botschafter, die von einem Ufer zum anderen überfahren, von diesem Ufer zum Ufer der Verstorbenen. Aber nicht nur das. Der Fluss hat zwei Ufer, die man das Flussbett nennt. Der Fluss selber ist wie eine Nabelschnur von der Quelle bis zur Mündung. Die Quelle ist in der Erde, die Mündung ist im Meer. Der Fluss ist die flüssige Nabelschnur, die die Erde mit dem Meer verbindet. Und so verbinde ich heute die Verstorbenen im Meer mit der irdischen Gestalt von Ana-el, die mir gegenüber sitzt und wartet.

Der Fluss rückwärts gesprochen ist: SSULF, ähnlich wie Ulf, der diesen Film dreht, Ulf Aminde, mit uns zusammen, die seit Jahren über dieses Thema sprechen. SSULF ist aber auch Sulphur, die Sylphe, die Silbe, die Wesen der Luft, die Wesen des Lichtes, die Wesen, die mit dem Wasser spielen, die Wesen, die die Landschaft durchkreuzen, die Silben der Sprache, die sich zu Wörtern gruppieren, aber auch loslösen können. Diese Silbensprache benütze ich heute, um zu sagen: Ich suche für Friedrich von Hardenberg Frieden, Befriedigung seiner ungestillten Sehnsucht dort drüben. Shalom, Shalamander, Shalom, Friede am anderen Ufer, Shalamander zu dem, was getrennt ist, Shalamander und Sylphe. Und ich begrüße den Fluss, hier in der Nacht, am Abend, in der Dämmerung, mit meinem Mund, mit dem Und. Ich begrüße die Wellen des Flusses, die Undinen, Kundalini, Kunde, die Kundri. Ich begrüße die Wellen, die das Licht spiegeln. Ich bitte sie, mitzuarbeiten bei der Überfahrt von Friedrich von Hardenberg zu Sophie von Kühn. Und schließlich begrüße ich die Toten selbst, die im Bewusstsein der Autonomie leben, im Sich-selbst-Wollen und Sich-selbst-Hingeben. Auto-nomos, Gnomos, Gnomen, die Erdgeister, die festen Geister, die den festen Boden machen, den Bodhi, den Buddhi, den Boddhisatwa, auf dem wir Irdischen laufen, und wir wissen nicht, wer dieser Boden ist. Das feste Ufer begrüße ich. Die Wellen des Wassers begrüße ich. Ich begrüße die Luft mit ihren Vögeln, und ich begrüße die Brücke des Friedens. Shalom ans andere Ufer. Shalamander. So habe ich die Landschaft aufgelöst in die vier Elementarwesen, und jetzt bitte ich Sophie von Kühn, die ausgebreitet ist über die Landschaft, die alle Landschaftsgeister als ihre eigenen Finger, als ihre Füße, als ihr Gesicht erfährt, ich bitte sie aus der Dunkelheit und der Weite der Landschaft. Ich bitte sie, die Wälder zu verlassen und die Wolken, und ich bitte sie, aus dem Fluss aufzusteigen. Ich bitte sie, das Flussbett zu betreten und in das Krankenbett einzutreten dort drüben. Shalom am anderen Ufer. Ich rufe dich, Sophie von Kühn, dort hinüber in den Leib von Ana, Ana-el. Ana-el stellt sich dir zur Verfügung, damit du verkörperst, damit du aufleuchtest in ihrem Gesicht und blickst durch ihre Augen und atmest durch ihre Haut. Für diesen kurzen Augenblick, wartend auf den Bräutigam, der noch bei den Verstorbenen ist, noch in der Tiefe des Wassers, den wir herausholen werden aus dem Wasser. Aber erst musst du da sein, Sophie von Kühn, im Leib von Ana, Ana-el dort drüben. Im Bett, im Krankenbett, im Totenbett, im Flussbett und dazwischen die Saale, die Seele, die Schicksaale, Liebhaber des Schicksals sein, die Seele, Selena, Helena, Mond, Mund, Undine, Kundalini, Kundri, Kunde. Ich rufe dich, Friedrich von Hardenberg, den Verstorbenen, der sich mit seiner Braut nie vereinigen durfte, aus den Tiefen des Gewässers. Denn die Ufer des Flusses, das sind die beiden Schamlippen der großen Göttin Isis, der Isis, die du besungen hast in den Lehrlingen zu Sais, der verschleierten Göttin, welche der Leib der Landschaft ist, ausgebreitet über alle Hügel und Berge und Wälder. Der Fluss aber mit seinen Ufern, das sind die Schamlippen, in welchen Osiris fließt, der Gott der Verstorbenen, der Gott der Flüssigkeit, der sie überschwemmt mit seiner Fruchtbarkeit, zugleich das Korn, was in den Fluss fällt, das Korn, was verdirbt, damit neues Korn wächst, und aus einem Weizenkorn wachsen hundert Körner. Pluto, die Fruchtbarkeit der Tiefe, die überschäumende Fruchtbarkeit des Nilstromes, vereinige dich mit den Schamlippen deiner Schwester, der Göttin Isis, die Friedrich von Hardenberg besungen hat in den Lehrlingen zu Sais. Steig auf aus den Flussufern, überschwemme die Ufer und die Lippen. Friedrich von Hardenberg, komm heraus aus der Grabkammer, komm heraus aus der Grab-Kamera, die Camera obscura, die dunkle Kammer, die Dunkelkammer, die Kamera, das Meer, in das dieser Fluss mündet, Ca-meer-ra, komm heraus aus der Ca-meer-ra, aus dem Totenhaus der Dunkelkammer und bring deine Bilder, die du jetzt siehst, und lege sie auf die Leinwand, in der die verstorbene Sophie von Kühn geruht hat während zweihundert Jahren, die Leinwand des Totenhemdes, des Leinenhemdes, die sich jetzt ausbreitet in die Fläche und all die Bilder enthüllt, die du nie gesehen hast, die Heimlichkeit ihres Leibes. Und du siehst ihre Haare, gewellt wie die Wellen des Flusses, und die Poren ihrer Haut, wie die Gräser der Landschaft, und du gehst die Biegungen ihrer Wange entlang, wie die Vögel über einen Hügel, und du gräbst dich in ihre Haare, wie die Vögel in die Bäume des Waldes, und wie der Fluss in das Schilf, und rauscht und gurgelt, so gleitest du ihre Haut hinab, bis du dich vereinigst mit ihrem Leib, den du besungen hast in den Hymnen an die Nacht, hast sie aber doch nie erfahren, die Geliebte, die Ersehnte, und hast sie nie berührt, wie du wolltest. Erst heute nacht, erst jetzt, wo die Schauspielerin Ana sich zur Verfügung stellt, dass du deine verstorbene Braut endlich umarmen kannst und in ihren Leib eintreten. So wie Sophie von Kühn eintritt in den Leib von Ana, so trittst du ein in den Leib von Sophie von Kühn, vereinigt über den Fluss, Shalom am anderen Ufer, vereinigt im Flussbett, vereinigt an den Ufern, wo das Krankenbett steht, das Totenbett, vereinigt in der Leinwand, die sich enthüllt, das Leichenhemd, das sich ausbreitet und sich dir öffnet bis in die Leinwand, auf der die Bilder erscheinen, die du nie gesehen hast. Erst heute abend siehst du sie, wie sie sich enthüllt, und ihre Haare sind wie die Wellen des Wassers, und ihre Haut ist wie das Schilf im Fluss, und ihr Leib ist wie die Hügellandschaft, bedeckt mit Wäldern, und die Hügel ihrer Scham, und die Ufer ihrer Scham sind der Ort, in den du dich verströmst, Friedrich von Hardenberg, auferstanden von den Verstorbenen, aufgestanden aus der Kammer, aus der Totenkammer, aus der Camera obscura, der dunklen Kammer, aus welcher die Bilder auftreten und sich auf die Leinwand legen, welche die Verstorbene enthüllt, die sich mit dir in der weißen Fläche vereinigt. Die Kamera, die Technik, die Technik der Magie – Magie, die Beschwörung der Verstorbenen. Und so rufe ich Ana am anderen Ufer, Salam-ana, Salamander. Jetzt hast du Sophie verkörpert, und nach dieser Hochzeit, die die beiden Novalis nie erlebt haben, schenke ich dir deine Biographie zurück. Ana, entlasse Sophie, atme sie aus durch deinen Mund, Mund, Mond, Mundine, Undine, in die Wellen des Stromes. Denn wie Friedrich von Hardenberg sich mit dir vereinigt hat, wie er Lippe an Lippe mit dir gelegen hat, du Tote im Leinenhemd, du Tote auf der Leinwand, und zwischen deinen Lippen und seinen Lippen war nur die Feuchtigkeit eures Kusses, so trennt ihr euch wieder, und die Feuchtigkeit eures Kusses erweitert sich, und die Feuchtigkeit eures Kusses wird zum Nebel, der über dem Fluss liegt, und zur Dunkelheit, und die Feuchtigkeit, die zwischen euren Lippen ist, und die Feuchtigkeit zwischen euren Hän den erweitert sich und dehnt sich aus, und schon seid ihr das Eine und das Andere, Salamander, Shalom-ander, und aus der Feuchtigkeit eures Kusses, den ihr nie geküsst habt, außer heute abend, wird langsam der Fluss der Saale, die sich zwischen euch legt, zwischen dieses Ufer und das andere, der Fluss rückwärts gesprochen SSULF: Ulf, Sylphe, Silbe. Silben, frei gewordene Sprache, vereinigt euch wieder zu den Worten, zu den Nomen, zu den Gnomen, zu den Hauptworten, die festumrissen der Gegenstand unserer Sprache sind. Und wir kehren zurück in die irdische Welt, in die Leidenschaft zum eigenen Leib. Dort drüben ist der andere Leib und dazwischen der Fluss, die erweiterte Form eures Kusses, die Feuchtigkeit eurer Berührung, die Feuchtigkeit und der Nebel, die sich jetzt kühl zwischen euch legen, Sophie von Kühln, kühl, Kühn, kühl zwischen euch legen, breit in die Ferne. Klein wirst du, weiße Gestalt am anderen Ufer. Wie hast du mich befriedigt, Shalom am anderen Ufer, zurückgekehrt in dein Leichenhemd, in die Leinwand, die sich um dich ringt, zurück in dein Krankenbett, in dein Totenbett, in dein Flussbett am anderen Ufer, zurück in die Erinnerung. Du aber, Ana, Schauspielerin, ich danke dir, dass du deinen Leib zur Verfügung gestellt hast, damit Sophie und Friedrich sich einmal treffen konnten, wie sie sich nie getroffen haben. Ich schenke dir deinen Leib zurück, ich rufe dich, Ana, Ana-ela, Ana-el aus der Landschaft, in die du gegangen bist, zurück in deinen Leib, ich rufe dich ans Flussufer, in deine Füße, an die Saale, an deine Fußsohle, in deine Seele, Selene, Mondgöttin, Mond, Mund, Undine, Unda, Kundalini, von den Fußsohlen zurück in deine Beine, in deine Knie und deine Schenkel, deine Hüften und deine Brust, zurück in deine Hände, zurück in deine Schultern, zurück in deinen Nacken, in deine Wangen, deine Augen und deine Haare. Kehre zurück in deinen eigenen

Leib und sei du selbst, wie auch ich selber zurückkehre in diesen Leib, der hier sitzt am anderen Ufer, Shalom-ander, und der die Silben gesagt hat, die Sylphen, den umgekehrten Fluss, SSULF, Ulf, der diesen Film macht, um Friedrich von Hardenberg und Sophie von Kühn zu feiern. Anders als die Leitkultur, die von einem Autor spricht, der die deutsche Romantik begründet hätte, sprechen wir von einer Beziehung zwischen zwei Menschen, von einer Beziehung zwischen einem Irdischen und einer Verstorbenen. Und erst diese Beziehung, die wir heute nacht beschworen haben, trug den Namen Novalis, seit dem Jahre 1800, denn vorher nannte er sich den Fremdling.

Und als Fremdling beende ich diese Rede. Fremd sitze ich dir gegenüber, Ana, Schauspielerin, die sich zur Verfügung gestellt hat, die auf dem Krankenbett sitzt und das Krankenbett jetzt verlassen wird und das Flussbett jetzt verlassen wird. Ich aber, der Fremdling, ziehe mich zurück in meinen eigenen Leib, ich ziehe mich zurück in meine eigene Sprache. Und ich danke noch einmal wie am Anfang der Landschaft, der Saale, dem Flussufer, dem Fluss, der zwischen den Ufern strömt, zwischen den Ufern der Isis. Und ich sage noch einmal, dass wir in Freundschaft gekommen sind, und wir haben gebeten, die Landschaft möge uns helfen, um diese Beschwörung zu vollziehen, die ich hiermit beende.

## Unterwegs mit Raphael

Auf alten Gemälden sehe ich den Erzengel Raphael, griechisch Hermes, lateinisch Merkur, Hand in Hand mit dem
Knaben Tobias. Die Geschichte wird im Alten Testament
erzählt, aber von den Händen ist keine Rede. Warum haben
die Maler die Hände gemalt? Das schien mir rätselhaft. Um
das Rätsel zu lösen, bin ich in die Geschichte zurückgekehrt.

Ein Mann namens Raphael kommt in ein Dorf und klopft an
eine Tür. Die Tür geht auf, und der Mann fragt nach Tobias.
Tobias ist ein kleiner Junge, der eine Reise machen soll. Der
Mann sagt, er werde Tobias begleiten. Und keiner fragt,
warum. Wie der Regen nass ist, und die Sonne ist trocken,
so ist dieser Mann. Denn keiner fragt, warum keiner fragt.
Nur Tobias hat einen Zweifel. Der Körper des Mannes ist
groß. Tobias ist klein. Der Mann hat lange Beine. Tobias hat
kurze Beine. Der Mann wird große Schritte machen, und
Tobias muss rennen. Aber er will nicht die ganze Zeit rennen.
Wie Recht er hat! Kaum haben sie den Weg betreten, der
zum Ziel führen soll, da ist der Mann bereits am nächsten
Waldrand angekommen, und Tobias braucht fünfzehn
Minuten, bis er den Waldrand erreicht. Kaum steht er am
Waldrand und will sich ausruhen, da steht der Mann bereits
an der nächsten Wegbiegung, dort bei den Felsen.

　　Tobias wird zornig. Er setzt sich an den Waldrand. Mit
der großen Zehe malt er einen Strich in den Staub. Er schielt

zu dem Mann, der in der Ferne wartet. Er hofft, der Mann wird ungeduldig. Er wird die Reise abbrechen. Tobias stellt sich auf ein Bein. Das andere Bein nach hinten streckend, hüpft er quer über den Weg. Dann stellt er sich auf das andere Bein und hüpft wieder zurück. Den Kopf nach unten gesenkt, schielt er zu dem Mann in der Ferne. Der Mann rührt sich nicht. Er zeigt kein Zeichen von Ungeduld. Sein Blick ruht offen, beinahe staunend auf Tobias. Tobias wird ruhiger. Er setzt beide Füße auf den Weg und beginnt zu traben. Er hat keine Angst mehr. Der Mann ist immer sichtbar. Er ist überall. Schon steht er am Rand der Weizenfelder, schon steht er dort oben auf dem fernen Hügel. Immer steht er am Horizont, als wäre er schon immer dort gewesen. Bis Tobias ihn beinahe vergisst und den Weg alleine geht, in seiner eigenen Weise.

Erst gegen Abend bemerkt Tobias etwas an dem Mann, das ihm zu denken gibt. Der Mann steht auf dem Hügel. Hinter seiner rechten Schulter ist die Sonne am Untergehen. Auf seiner linken Seite kommt ein Esel über den Hügel und nähert sich dem Wegstück, auf dem Tobias jetzt stehenbleibt. Auf dem Esel sitzt ein Reiter. Der Esel wirft einen langen Schatten. Der Schatten des Reiters ist länger. Der Schatten fällt Tobias auf seine Füße. Und wie seine Füße wieder sichtbar werden, weil der Reiter verschwunden ist, da sieht Tobias, dass der Mann, der ihn begleitet, keinen Schatten hat. Er steht dort oben auf dem Hügel und wartet. «Du hast keinen Schatten!» ruft Tobias, aber der Mann kann ihn nicht hören, er ist zu weit entfernt. Also rennt Tobias zum Hügel, und seine Schritte klingen wie Schläge einer Trommel auf dem Weg. Aber schon werfen die Gräser ihre schmalen Schatten über die Füße des Knaben, schon verschluckt der Schatten des Hügels den ganzen Weg, und die Füße des Knaben verschwinden in der Dunkelheit, schon kann er seine eigene

Hand nicht mehr sehen, weil der Schatten der Erde die ganze Welt in Finsternis taucht. Nur noch die Trommelschläge seiner Füße sind zu hören. Und sähe er nicht den Mann, der auf dem Hügel steht und wartet, Tobias wüsste nicht, wo hier noch ein Weg ist. Und wie er endlich vor dem Mann steht, und wie er dem Mann sagen will, dass er keinen Schatten hat, und wie er schon: «Du hast –» sagen will, noch außer Atem und mit einem Klopfen, das nicht mehr von den Füßen kommt, sondern aus der Brust, da sieht Tobias etwas, das ihm die Frage aus dem Mund schlägt, und sein Verstand ist ausgeblasen, wie eine Kerzenflamme im Sturm. Er sieht den Mann! Aber wie kann er den Mann sehen, wenn die ganze Welt finster ist? Seine eigene Hand kann Tobias nicht sehen. Warum dann den Mann? Als ob die Sonne schiene, in der Höhe des Mittags, so grell sieht Tobias das Gesicht des Mannes. Es hat die Farbe eines reifen Weizenfeldes. Sein Mantel hat die Farbe der Sonne im Aufgang. Sein langes Kleid hat die Farbe des Himmels, wenn die Sonne untergeht. Aber da ist keine Sonne. Nur der Mann strahlt aus der Finsternis. Und jetzt fragt Tobias, der soeben noch fragen wollte, warum der Mann keinen Schatten hat, – jetzt fragt Tobias, aber es ist keine Frage, es ist kein Gedanke, es ist nur noch ein Lallen, ein Sprechen ohne Inhalt, fast ein Gesang: «Warum leuchtest du plötzlich?» «Unsinn!» sagt der Mann, «ich leuchte nicht plötzlich. Ich leuchte immer. Sonst hättest du mich gar nicht gesehen. Aber solange die ganze Welt geleuchtet hat, hast du mich nicht erkannt. Ich bin Raphael.» «Ich bin Tobias», sagt Tobias und gibt dem Mann die Hand.

An dieser Stelle könnte die Geschichte enden, denn ich habe die Hand entdeckt. Aber während ich den letzten Satz schrieb, schrieben meine Hände die folgenden Sätze, von denen ich mit Staunen sehe, wie sie aus dem weißen Papier heraus nicht leuchten, sondern dunkeln:

Der Mann nahm die Hand des Knaben und hielt sie fest in seiner Männerhand. Dann sagte er, aber es war nur ein Flüstern, ein Flehen, beinahe schon atemlos:

«Du wirst jetzt weiter schlafen. Es ist spät. Heute früh klopfe ich an deine Tür und begleite dich auf deiner Reise.»

«Habe ich denn geschlafen?» fragte Tobias.

«Und sobald wir den Weg betreten, der uns zum Ziel führt, gibst du mir die Hand. Gleich bei deinem ersten Schritt. Und hältst mich fest …»

«Habe ich denn alles nur geträumt?» fragte Tobias.

«Ich muss dich um etwas bitten, bevor die Reise beginnt. Deshalb kam ich im Traum zu dir. Niemand darf etwas davon wissen. Also sage ich es vorher, und ich sage es nur zu dir. Du musst mich festhalten.»

«Aber wozu denn?» fragte Tobias, «du bist doch viel schneller als ich!»

«Eben darum!» sagte der Mann, «ich bin viel zu schnell. Ich kann nicht anders. Ich will von dir lernen, wie man kleine Schritte macht. Habe ich dich nicht beobachtet? Habe ich nicht gesehen, wie du deinen Fuß auf die Erde legst? Als wäre er eine Wurzel? Und wie du den anderen Fuß in die Luft hebst? Aber der Fuß fliegt nicht davon, wie meine Füße es tun, die Flügel sind? Sondern du senkst deinen Fuß auf die Erde zurück, und dort ruht er, als sei er festgewachsen? Und schon hebst du den ersten, der wie eine Wurzel war, aber er fliegt nicht davon? Das will ich von dir lernen. Wirst du mein Lehrer sein? Aber du musst mich festhalten! Abgemacht?»

Tobias war plötzlich hundemüde. Der Kopf sank ihm auf die Brust, und sein Blick fiel auf die Füße des Mannes. Aber er sah keine Füße. Wo die Füße sein sollten, sah Tobias leuchtende, bunte Federn. Als er die Federn sah, wurde Tobias hellwach. Er sprang mit beiden Füßen zugleich in die

Luft, als wäre er ein Gummiball, und klatschte in seine Hände und rief: «Abgemacht!», und sein Ruf klang wie ein Peitschenknall.

«Nicht so laut!» flüsterte der Mann und schlug ihm ins Gesicht, aber der Schlag war sanft wie ein Flügelschlag. Tobias sank in tiefen Schlaf. Bevor ihm die Augen zufielen, sah er noch, quer durch seine Wimpern, das Gesicht des Mannes. Es hatte nicht mehr die Farbe eines reifen Weizenfeldes. Es hatte die Farbe eines Feldes aus Klatschmohn. Rot vor Scham.

## Quellennachweis
*der in diesen Band aufgenommenen Texte*

*Die Schwarze Sonne. Begegnungen mit Walter Muschg*,
Autoreferat der Ansprache zum 100. Geburtstag von
Walter Muschg am 21. Februar 1998 im Geisteswis-
senschaftlichen ArbeitsHALBkreis Potsdam;
erschienen als Manuskript-Druck in: Edition Babelturm, Potsdam 1998; *Das Goetheanum*, Nr. 49, Dornach, Dezember 1998.

*Die Zerstörung der deutschen Kultur durch Goethes Faust*,
Vortrag zur Goethe-Feier der «Sommeruniversität Kas-
sel», August 1999;
erschienen in: *Querformat*, Nr. 5, Potsdam 1999 und
Nr. 6, Potsdam 2000; *AHA*, Nr. 4 und Nr. 5, Tiphareth
Verlag, Bergen 2000; *Sleipnir*, Heft 36, Verlag der
Freunde, Berlin 2002.

*Ein Wort zu Stephen Mace*,
Vorwort zu dem Buch von Stephen Mace: «Wege aus
der Grotte der Nymphen» (Escape from the Cave of
the Nymphs), Bohmeier Verlag, Lübeck 2002;
außerdem erschienen in: *Das Goetheanum*, Nr. 34–35,
Dornach 2002.

*Hymne an die Anacht,*
> gesprochen am 11. Februar 2001 am Ufer der Saale
> bei Halle, redigierte Tonbandabschrift;
> erschienen in: *Der Golem*, Nr. 6, Hadit-Verlag, Kahla,
> November 2001.


*Unterwegs mit Raphael,*
> erschienen unter dem Titel: «Ostern? O Stern! Hand
> in Hand mit Raphael» in: *Novalis*, Nr. 3, Schaffhausen
> 1997.

Weitere Veröffentlichungen
von Wilfrid Jaensch

**Der schönste Beruf der Welt**
Berliner Ansprachen
Hg. Ateş Baydur

2003, 104 S., Kt.
ISBN 3-7235-1197-X

**Die Ordensregeln der Neuzeit**
Sieben Tonsätze für Sprechstimme und Schlagzeug,
etwa Herzschlag

1998, 183 S., Kt.
ISBN 3-7235-1017-5

**Selbstgespräch mit der Schwarzen Madonna**
Hg. und mit Nachwort von Ateş Baydur

1999, 248 S., Kt.
ISBN 3-7235-1052-3

**Was sagst du, wenn du «Mensch» sagst?**
Das absolut Gute als Quelle unseres künftigen
Zusammenlebens

1998, 150 S., Kt.
ISBN 3-7235-1038-8

im Verlag am Goetheanum

# Wilfrid Jaensch

# Der schönste Beruf der Welt

## Berliner Ansprachen

Herausgegeben
von Ates Baydur

2003, 102 S., Kt
ISBN 3-7235-1197-X

«Die Geschichten, die ich diesmal erzähle, sind Ansprachen. Ich hielt sie nicht aus eigenem Willen, sondern auf Wunsch der Angesprochenen. Diese trauten ihren Ohren nicht. Alles hatten sie erwartet, nur nicht das, was sie hörten. Viele haben gelacht. Wenige haben geweint. Aber am Schluss wusste niemand mehr, was ich gesagt hatte …»

- Das sind alles faszinierende Menschen
- Der Seelen Erwachen
- Leben in der Metropole
- In welcher Verfassung sind wir?
- Fünf Fragen an das 21. Jahrhundert
- Berliner Stadtansichten oder
  Der schönste Beruf der Welt

VERLAG AM GOETHEANUM

«Jeder Mensch ist eine S... der Magie. Warum wisse... das nicht? Weil die Schule der Magie sich von jeder anderen Schule unterscheidet. Schüler und Lehrer leben in ihrem Schulhaus zusammen, Tag und Nacht, ein ganzes Leben lang. Genauer gesagt: dein Leben lang. Denn das Schulhaus ist dein Leib. Deine Schule der Magie öffnet ihre Tore, sobald du bemerkst, dass es zwei Personen sind, die deinen Leib bewohnen. Beide sagen: Ich, deshalb hast du geglaubt, sie seien dieselbe. Aber betrachte ihre Eigenschaften, die ihre Leidenschaften sind, und ihr Unterschied wird deutlich ...»

VERLAG AM GOETHEANUM

ISBN 3-7235-1198-8